EN LETTRES **D'ANCRE**

DU MÊME AUTEUR

L'intégriste malgré lui, Le Livre de Poche, 2014.

Comment s'en mettre plein les poches en Asie mutante, Grasset, 2014.

Correspondances étrangères, *Dépêches de Lahore, New York et Londres*, Grasset, 2016.

Partir en fumée, Le Livre de Poche, 2018.

Exit West, 2018.

MOHSIN HAMID

LE DERNIER HOMME BLANC

roman

Traduit de l'anglais (Pakistan)
par Colin Reingewirtz

BERNARD GRASSET
PARIS

L'édition originale de ce texte a été publiée par Riverhead Books en 2022 sous le titre :

THE LAST WHITE MAN

Image de la jaquette : Getty.

ISBN 978-2-246-83272-0

Pour Becky

PREMIÈRE PARTIE

Un

En se réveillant un matin, Anders, un homme blanc, découvrit que sa peau était devenue d'un brun profond et sans appel. Il en prit conscience progressivement, puis brusquement ; il pensa d'abord, en tendant la main vers son téléphone, que la lumière du matin avait un drôle d'effet sur son avant-bras, puis, en sursautant, il eut la conviction fugace qu'il y avait quelqu'un d'autre avec lui dans son lit, un homme, plus foncé. Mais cela, aussi terrifiant que ce soit, était évidemment impossible, et il fut rassuré de constater que l'autre bougeait quand il bougeait lui-même, que ce n'était pas une personne distincte, mais juste lui, Anders. Il en fut profondément soulagé, car si l'idée qu'il y eût quelqu'un d'autre n'était qu'imaginaire, alors à coup sûr la notion d'un changement de couleur était un leurre elle aussi, une illusion d'optique, une vue de l'esprit, née dans cet espace instable qui sépare les rêves de l'éveil, sauf qu'il avait entre-temps attrapé son téléphone et retourné la caméra dans sa direction, et il vit que le visage qui le regardait n'était absolument pas le sien.

Anders se rua hors de son lit et courut vers la salle de bains. Il se calma et força sa démarche à ralentir, à devenir plus assurée, plus mesurée ; faisait-il cela pour affirmer son emprise sur la situation, pour imposer un retour à la réalité par la seule force de l'esprit, ou parce que la course l'aurait effrayé encore plus et fait de lui une proie à jamais poursuivie, il l'ignorait.

La salle de bains lui était d'une familiarité miteuse mais réconfortante, les fissures dans les carreaux, la poussière sur les joints, la traînée de gouttes de dentifrice séchées sur le pourtour du lavabo. L'intérieur de l'armoire à pharmacie était visible, la porte du miroir de travers. Anders leva la main et, d'un geste brusque, replaça son reflet devant ses yeux. Ce n'était pas celui d'un Anders qu'il connaissait.

Il fut submergé par l'émotion, pas tant par le choc ni par la peine, bien qu'il y eût aussi de cela, mais c'était surtout que le visage qui se substituait au sien l'emplissait de colère, ou, plutôt, d'une rage meurtrière inattendue. Il voulait tuer l'homme de couleur qui lui faisait face, dans sa propre maison, annihiler la vie qui animait le corps de cet autre, être le dernier survivant ; il flanqua son poing dans ce visage, provoquant de légères fissures et faisant pencher toute la structure, l'armoire, le miroir, comme un tableau après le passage d'un tremblement de terre.

Anders resta debout, la douleur de sa main anesthésiée par l'intensité qui l'avait saisi, et il se sentit trembler, une vibration si légère qu'elle était à peine perceptible, mais qui s'accentua, comme un méchant froid d'hiver, comme un extérieur glacial, à découvert, qui le reconduisit vers son lit, puis sous ses draps, où il resta un long moment, caché, priant, suppliant pour que ce jour à peine entamé ne commence pas.

*

Anders attendait un retour en arrière, un retour en arrière qui ne vint pas. Les heures passèrent, et il se rendit compte qu'il s'était fait détrousser, qu'il était la victime d'un crime dont l'horreur ne cessait de grandir, un crime qui lui avait tout pris, qui l'avait dérobé à lui-même, car comment pouvait-il prétendre qu'il était Anders à présent, comment être Anders à présent, avec cet autre homme qui le dévisageait, sur son téléphone, dans le miroir, et il essaya de ne pas vérifier constamment, mais il continuait à le faire de temps à autre, et alors il revoyait le vol, et même lorsqu'il ne regardait pas, il ne pouvait échapper à la vue de ses mains et de ses bras, sombres, et effrayants de surcroît, car s'ils étaient sous son contrôle, il n'y avait aucune garantie qu'ils le resteraient, et il ignorait si l'idée d'être étranglé, qui ne cessait de lui surgir à l'esprit comme un mauvais souvenir, était quelque chose qu'il craignait ou ce qu'il désirait faire par-dessus tout.

Il essaya, sans appétit, de manger un sandwich, de se calmer, de se reprendre, et il se répéta que tout irait bien mais il n'était pas convaincu. Il voulait croire que, d'une manière ou d'une autre, il reviendrait en arrière, ou qu'il serait réparé, mais déjà il doutait, il n'y croyait pas, et lorsqu'il se demanda si tout cela n'était que le fruit de son imagination, qu'il voulut s'en assurer en prenant une photo et en la classant dans son album digital, l'algorithme qui suggérait invariablement son nom par le passé, lui qui était si sûr, si fiable, ne parvint pas à l'identifier.

D'habitude cela ne dérangeait pas Anders d'être seul, mais tel qu'il était là, c'était comme s'il n'était pas seul, mais plutôt en nerveuse et hostile compagnie, coincé chez lui car il n'osait pas mettre le pied dehors, et il allait de son ordinateur à son frigo à son lit à son canapé, se déplaçant dans son petit espace dès qu'il ne supportait plus de rester sur place. Mais il n'y avait pas moyen d'échapper à Anders, pour Anders, ce jour-là. Le malaise ne faisait que le suivre.

Il commença – c'était plus fort que lui – à s'examiner lui-même, la texture des cheveux sur son crâne, les poils sur son visage, le grain de peau sur ses mains, sèches, la visibilité réduite des vaisseaux sanguins qui les parcouraient, la couleur de ses ongles de pieds, les muscles de ses mollets, et, se déshabillant frénétiquement, son pénis, ordinaire dans sa taille et son poids, ordinaire si ce n'est qu'il n'était pas le sien, et donc étrange, au-delà de l'acceptable, comme une créature des mers qui ne devrait pas exister.

*

Le premier jour, Anders envoya un message pour se faire porter pâle. Le second, il en envoya un autre pour expliquer qu'il était plus malade que ce qu'il imaginait, et qu'il serait probablement absent toute la semaine, ce sur quoi son chef lui téléphona, et quand Anders ne décrocha pas, il lui écrivit t'as intérêt à être mourant, mais ensuite il le laissa tranquille, hormis la brève coda qu'il lui envoya une heure plus tard, pas de boulot, pas de salaire.

Anders n'avait encore vu personne depuis qu'il avait changé et il n'avait pas spécialement envie de voir qui que ce soit, mais il n'avait plus de lait ni de blanc de poulet ni de thon en boîte, et on ne pouvait raisonnablement s'attendre à ce qu'un homme consomme éternellement de la protéine en poudre, ce qui voulait dire qu'il devait sortir et affronter le monde, ou au moins le caissier du supermarché. Il enfila une casquette qu'il vissa bien bas sur sa tête.

Sa voiture, anciennement celle de sa mère, avait à peu près la moitié de son âge, les ouvriers qui l'avaient assemblée avaient pris leur retraite depuis longtemps, ou été renvoyés, ou remplacés par des robots. Elle tanguait légèrement quand on changeait de vitesse, et plus encore lorsqu'on tournait, comme une danseuse à la taille souple, ou un ivrogne, mais il y avait dans son moteur reconstruit une réactivité satisfaisante, une volonté d'impressionner, et la mère d'Anders adorait la musique classique en son temps, donc son père avait fait en sorte que le système audio soit pur, avec des aigus nets et des moyennes fréquences décentes, et ce qui paraissait à Anders, surtout ces jours-ci, comme un manque d'explosivité dans les basses.

Sur le parking du supermarché il vit quelqu'un le regarder puis détourner les yeux, et cela se reproduisit au rayon des produits laitiers. Il ne savait pas ce qu'ils pensaient, ni même s'ils pensaient quoi que ce soit, et il soupçonnait que ce n'était que dans son imagination qu'il voyait des lueurs d'hostilité ou de répulsion. Il reconnut le caissier qui scannait ses articles mais le caissier ne le reconnut pas, et Anders eut un moment de panique après avoir tendu sa carte bleue, mais le caissier ne la regarda pas, ni son nom, ni sa signature, et il ne répondit pas au merci au revoir que Anders avait marmonné, il ne bougea pas, il ne sourcilla même pas, comme si Anders n'avait rien dit du tout.

Quand Anders retourna à sa voiture, il remarqua que les trois personnes qu'il avait vues étaient blanches et se dit qu'il était peut-être parano, interprétant des détails probablement insignifiants, et à un feu rouge il confronta son regard dans le rétroviseur, y cherchant des signes de son identité blanche, car elle devait bien être là quelque part, peut-être dans son expression, mais il ne la trouvait pas, et plus il observait moins il semblait blanc, comme si rechercher son identité blanche était l'opposé de l'identité blanche, comme si cela la repoussait, le faisait passer pour désespéré ou incertain, ou lui donnait l'air de ne pas être à sa place, lui qui était né ici, bon sang, puis il entendit le long klaxon continu de la voiture derrière lui, et il entreprit de franchir le feu qui était passé au vert quelques secondes plus tôt. La femme derrière lui fit un écart pour le doubler, baissa sa fenêtre et l'insulta, furieuse, le traitant de tous les noms avant de repartir en accélérant, et lui ne fit rien, rien, ni crier en retour, ni sourire pour la prendre au dépourvu, rien, comme s'il était attardé mental. Elle était jolie, vraiment jolie, ou du moins elle l'avait été avant de se mettre à crier, et une fois chez lui il se demanda comment il aurait réagi, comment il aurait pu réagir, si seulement il y avait eu un quelconque moyen qu'elle soit au courant qu'il était blanc, ou qu'au moins lui le sache, car soudain, et il était impossible de se soustraire à la pesanteur de ce constat, il ne le savait plus.

Anders tira une bouffée de cannabis et la garda dans ses poumons, mais peut-être était-ce une erreur car une fois qu'il eut terminé de se préparer à manger il n'avait plus faim, il avait à la place une sorte d'anxiété lancinante, dont il savait d'expérience qu'il fallait la chasser en fumant afin de ne pas y rester empêtré, alors il fuma encore, fixa son téléphone, erra sur

Internet, et en fin de compte il prit son déjeuner en guise de dîner.

Anders aurait aimé parler à sa mère ; s'il n'avait pu parler qu'à une seule personne au monde à ce moment précis, c'eût été à elle, mais elle était décédée quelques années plus tôt, à cause de l'eau, ils le savaient, l'eau qui n'avait ni l'odeur ni le goût qu'il fallait. Mais son état avait fini par s'arranger, et quand arriva le cancer qui la dévora de l'intérieur, comme il dévorait tant de gens, il fut difficile de prouver l'existence d'une cause en particulier, difficile à prouver dans un tribunal, en tout cas, et dans ses derniers mois elle ne pouvait plus parler, uniquement grogner, et elle voulait que tout cela se termine, donc la fin arriva comme une bénédiction.

Mais avant d'être malade elle avait prêté l'oreille, et elle avait eu une foi infinie en son fils. Elle eut de longues conversations avec lui quand il mit du temps à savoir parler, elle lui fit la lecture au lit quand il mit du temps à savoir lire, et lorsque, à sept ans, il fréquenta la classe où elle enseignait il fut comblé, à tel point que l'année d'après il refusa de passer à la suivante et resta dans la salle pendant deux semaines avant de bien vouloir accepter, à son corps défendant, de changer de classe. C'est elle qui fit de lui un lecteur et lutta pour qu'il ait plus de temps pour ses examens, et qui voulut qu'il fréquente l'université, mais elle le quitta avant qu'il puisse y aller, et en fin de compte la vie suivit son cours et il n'y était pas allé, même s'il espérait toujours, pour elle mais aussi pour lui, qu'il pourrait le faire un jour, ou alors une nuit, les cours du soir semblant plus abordables.

Au lycée on avait toujours dit que son meilleur atout était son sourire, un sourire qui disait je ne me tracasse pas, je ne te tracasse pas, qui disait allons-y, généreux, engageant, qui lui venait de sa mère, de son visage à elle à son visage à lui, et à présent il avait disparu, tout comme les sentiments qui le rendaient possible, et Anders ignorait s'il reviendrait un jour.

Deux

Quand Oona répondit au téléphone, elle venait de finir de méditer et se trouvait donc dans cet état fragile de sérénité que peut induire la méditation, cette sensation d'avoir brièvement atteint le sommet de la vague de ses pensées et de vouloir y rester, de ne pas vouloir redescendre, mais en souhaitant cela, et en souhaitant tout court, on commence à vaciller, à perdre sa lévitation, à glisser sous le remous qui approche.

Elle entendit la panique et l'angoisse dans la voix d'Anders alors qu'elle collait contre sa tête le rectangle plat de verre et de métal, froid puis neutre dans sa température, et elle le laissa parler, et alors qu'il déblatérait, elle essaya de le rassurer, de se montrer gentille et encourageante, mais le cœur n'y était pas, elle ressentait un certain détachement, car à mesure qu'il parlait c'était principalement, et de plus en plus, à elle-même qu'elle pensait.

Elle était retournée vivre en ville pour aider sa mère après le décès du frère jumeau d'Oona ; un décès qui s'était fait attendre, peut-être depuis cette première pilule à l'âge de quatorze ans. Oona était rentrée aussi dans l'espoir improbable que son jumeau la veuille auprès de lui dans ses derniers instants, qu'il puisse avoir ce genre de désir, que des désirs liés à des personnes puissent émerger en lui avec une force suffisamment grande pour surpasser les désirs fabriqués par des dépendances chimiques, bien qu'espérer cela revenait à être surpassé en nombre en plaçant l'espoir d'une personne face à l'ingéniosité de milliers, peut-être de millions, et son frère était mort seul, comme il faut toujours s'y attendre, à seulement quelques kilomètres de ses proches.

Ainsi Oona ne s'en voulut pas d'avoir pensé à elle à ce moment-là, tandis qu'Anders lui parlait de sa crise. Elle appréciait Anders mais leur liaison n'était qu'une affinité lycéenne récemment renouvelée, de façon quelque peu intéressée à ses yeux, comme un moyen de passer le temps, de traverser cette période, et Oona se disait qu'il ne lui restait pas grand-chose à consacrer à cette nouvelle situation, elle était à sec en termes d'émotions, voire d'ailleurs lourdement endettée, concentrée pour le moment sur sa propre survie, sa propre existence, et tout à fait en droit d'interrompre Anders, de lui dire qu'elle devait y aller, et d'éviter ses appels quelque temps, jusqu'à ce que leur fréquence diminue, et c'était précisément son plan lorsqu'elle expliqua qu'elle avait un cours à donner, mais alors elle se surprit à ajouter, d'un ton las, qu'elle passerait le voir ce soir-là après le travail.

Et elle se surprit encore plus en y allant pour de bon.

*

Le trajet à vélo depuis son travail prenait moins d'un quart d'heure, passant des quartiers les plus aisés aux plus pauvres de la ville, le ciel pas encore sombre, mais seuls quelques stations-service, bars, restaurants et supérettes étaient encore ouverts, chacun au nombre de deux à cinq, pas plus. Plus elle avançait, plus les vitrines étaient vides, et des gens visiblement exclus depuis longtemps de ces lieux délabrés pouvaient être aperçus appuyés contre un poteau à un coin de rue ou allongés sur du carton dans un terrain vague.

Anders appelait son appartement « sa cabine » ; il était petit, rien qu'une chambre, comme un rez-de-chaussée qui aurait dû mener à quelque chose d'autre, mais ne menait nulle part. Oona frappa fermement contre la porte fragile, ou plutôt elle la cogna, puis entra sans attendre de réponse. Elle était rarement fermée. Elle voulait que ce soit elle qui le voie, elle était moins déstabilisée par cette idée-là, l'idée de le trouver au milieu d'une tâche quelle qu'elle soit, plutôt que d'attendre qu'il vienne se présenter, présenter cette nouvelle version de lui-même en guettant sa réaction, mais il s'avéra qu'il était aux toilettes, et elle dut donc tout de même attendre, mal à l'aise.

L'appartement était propre et ordonné, tout était rangé à sa place, non pas qu'Anders eût beaucoup de choses hormis des livres, dont il avait une quantité rare, ou en tout cas supérieure à celle de la plupart des jeunes hommes, empilés contre les murs sur des planches de bois et des parpaings, rappelant à Oona combien il avait été un adolescent intello et méthodique, un lecteur tout à fait improbable et sérieux.

Lorsqu'il sortit elle fut prise de court, pas simplement car sa peau avait foncé mais parce qu'on ne le reconnaissait plus, hormis le fait qu'il avait à peu près gardé sa taille et sa corpulence. Même l'expression de son regard était différente, à moins que ce ne fût de la peur, chez lui et non chez elle, et ce n'est que lorsqu'il parla et qu'elle entendit sa voix qu'elle fut absolument certaine, bien qu'on le lui eût déjà dit, qu'il s'agissait bien de lui.

« Tu vois ? dit-il.

— Purée », répondit-elle.

Il s'assit sur le canapé et, après un moment d'hésitation, elle alla s'asseoir à côté de lui, et ils parlèrent, et elle voyait bien qu'il cherchait désespérément à être rassuré, mais elle était réticente à le faire, refusant d'être embarquée dans ce rôle une énième fois, refusant aussi de lui mentir car elle ne savait pas quel bien il en tirerait ; elle lui dit donc ce qu'elle pensait, sans détour : qu'il avait l'air d'une autre personne, pas juste d'une autre personne mais d'une autre sorte de personne, complètement différente, et que quiconque le verrait penserait la même chose, et que c'était difficile, mais que c'était comme ça.

Les yeux d'Anders se remplirent de larmes mais il ne pleura pas, parvenant à les contenir dans ses cils, clignant les yeux et pinçant les lèvres. Il demanda si elle voulait un joint, parvenant même à décrocher un sourire, auquel elle répondit elle-même en souriant ; ce sourire était risqué mais il lui échappa néanmoins, et elle répondit que oui, carrément, elle en voulait un.

Il roula et ils fumèrent, comme ils l'avaient souvent fait, et ils restèrent silencieux un moment, à la dérive, puis il fit un signe de tête en direction de son lit et lui demanda de rester, et elle y réfléchit, le regarda, toujours décontenancée par son apparence, et plus encore par sa vulnérabilité et ses blessures. Lorsqu'il se leva et en prit le chemin, elle ne le suivit pas, ne montra aucun signe, pas avant qu'il commence à se déshabiller, et alors elle fit de même, précautionneusement, et ils se rejoignirent avec une dose de prudence, comme s'ils s'épiaient l'un l'autre, sans que l'on sache lequel épiait l'autre et lequel était épié. Peut-être, d'une certaine manière, faisaient-ils chacun les deux en même temps, et c'est ainsi qu'ils en vinrent à coucher ensemble ce soir-là.

Anders travaillait dans une salle de sport et Oona enseignait le yoga, et leurs corps étaient jeunes et musclés, et si nous, en écrivant ou en lisant cela, en venions à céder à une sorte de plaisir voyeur devant leurs ébats, nous pourrions peut-être être pardonnés, car eux-mêmes vivaient quelque chose qui ne s'en éloignait pas beaucoup, Oona et sa peau claire s'observant accomplir sa besogne avec un étranger à la peau sombre, Anders l'étranger s'observant de même, et l'acte fut puissant pour tous les deux, viscéral, les touchant à un endroit où, de façon inattendue, ou peut-être pas si inattendue, ils découvrirent une satisfaction troublante et dérangeante à être touchés.

*

Une curieuse impression de trahison flottait dans l'air après coup, qui empêchait l'un et l'autre de dormir. Oona quitta le lit au milieu de la nuit, s'habilla et sortit sans un mot, détacha son vélo et pédala aussi vite qu'elle le put. La rue d'Anders était sombre, et même certaines des routes principales sur son trajet comptaient plusieurs lampadaires déficients, comme autant de dents manquantes. Normalement, si elle avait prévu de rester aussi tard ou de partir aussi tôt, elle aurait pris la voiture.

Alors qu'Oona pédalait, elle résistait à l'envie pressante de regarder derrière elle, ou de jeter un œil à la camionnette qui, pendant un instant, roula à côté d'elle. Une fois chez elle, elle monta les marches du porche en portant son vélo, passa devant les panneaux de la surveillance de quartier et de la société de protection à domicile, franchit la porte, déposa la bécane dans l'entrée, puis monta les escaliers, entendant le son de la respiration de sa mère, davantage un halètement occasionnel qu'une série de ronflements. Elle arriva enfin dans sa chambre qui, comme celle de son frère, était restée telle qu'elle l'avait laissée lorsqu'elle avait déménagé, et bien qu'à son retour Oona eût retiré les posters, les autocollants et les souvenirs d'école, qu'elle remplaça par des plantes, des photographies et des affaires de travail, autant de marqueurs de sa vie adulte, la pièce donnait toujours l'impression, dans sa chair comme dans celle d'Oona, d'une chambre d'enfant.

Quand elle se réveilla, Oona vit qu'elle avait un message d'Anders et ne répondit pas. Elle fit à la place ses salutations au soleil, se concentra sur son équilibre et sur ce que, dans ses leçons, elle appelait son aisance, le naturel et la fluidité de ses mouvements. Elle détecta une certaine raideur en elle, à la fois physique et mentale, une sorte de tension ou de rigidité qu'elle entreprit d'apaiser par la méditation. Mais les pensées d'hier continuaient d'interférer, et elle essaya donc tant bien que mal de focaliser son attention sur la préparation d'un petit déjeuner pour elle-même et pour sa mère, de l'avoine de la veille avec des baies et du beurre de noix, que sa mère accepta avec émerveillement et un signe de la tête.

« C'est tellement sain que ça pourrait tuer quelqu'un », dit-elle.

Oona haussa un sourcil. « C'est le but », répondit-elle.

Le repas terminé, Oona vérifia les médicaments de sa mère, un pour le cholestérol, un pour la glycémie, un pour la tension artérielle, un anticoagulant, un pour la dépression, un pour l'anxiété, à prendre en différentes quantités et combinaisons durant la journée. Sa mère faisait autrefois la même taille qu'Oona mais elle était désormais légèrement plus petite et pesait deux fois plus, et paraissait significativement plus vieille que ce qu'elle n'était, même si, de temps à autre, lorsqu'elle faisait la sieste, son visage pouvait remonter le temps et ressembler brièvement à celui d'un bébé.

« Les gens changent, dit sa mère.

— Quels gens ? demanda Oona.

— Partout », répondit-elle, et ajouta avec intention, « les gens comme nous ».

C'était le discours classique, cette fois-ci sur les Blancs qui soudain ne l'étaient plus, et Oona vit alors un autre message d'Anders s'afficher sur l'écran de son téléphone mais elle ne le lut pas, demandant plutôt à sa mère d'où elle tenait cela, et sa mère répondit qu'elle l'avait vu en ligne. Oona dit à sa mère qu'elle ne devait pas faire confiance à ce qu'elle trouvait en ligne, et elle le dit d'abord honnêtement, par habitude, avec le ton ferme de la conviction, et ce ne fut qu'un instant plus tard, quand Oona y réfléchit, qu'elle dut fabriquer le son de la vérité dans sa voix au moment de se répéter.

La mère d'Oona n'était pas du genre à fantasmer lorsque Oona et son frère étaient petits, ou plutôt, si elle le faisait, le fantasme auquel elle adhérait était tout à fait commun, à savoir la croyance que la vie était juste et qu'elle tournerait pour le mieux, que les bonnes gens comme eux obtenaient ce qu'ils méritaient pour la majeure partie, les exceptions n'étant rien d'autre que cela, des exceptions, des tragédies. Mais elle avait cessé de travailler après la naissance des jumeaux, et lorsque son mari mourut de façon étonnamment prématurée, dans la fleur de l'âge, elle récupéra suffisamment d'argent pour s'en sortir mais il emporta ce fantasme avec lui, la laissant seule pour affronter la lente perte de son fils, dans un monde indifférent qui ne cessait d'empirer, encore et encore, et qui devenait toujours plus dangereux – un danger que vous pouviez voir tout autour de vous, vous n'aviez qu'à regarder la criminalité et les nids-de-poule dans les rues, ainsi que les gens bizarres qui se pointaient désormais lorsque vous demandiez n'importe qui, un plombier, un électricien, de l'aide pour votre jardin, de l'aide pour n'importe quoi.

Oona était la mère de sa mère à présent, ressentait parfois Oona, ou peut-être « mère » n'était-il pas le bon mot, peut-être « fille » convenait-il, les deux mots signifiant davantage qu'elle l'imaginait autrefois, chacun possédant deux facettes, l'une qui consistait à soutenir et l'autre à être soutenue, chaque mot finalement identique à l'autre, comme une pièce de monnaie, différant seulement dans l'identité de la face qui ressortait en premier lorsqu'on la lançait.

Oona écouta sagement sa mère, sachant que débattre revenait à prolonger, que s'engager revenait à perdre, et lorsque sa mère vit qu'elle ne pourrait pas obtenir la satisfaction d'un désaccord, elle jeta un coup d'œil en direction de la pièce où se trouvait la grande télévision, et Oona enfila son sac à dos, s'empara de son vélo et se dirigea vers la porte.

« Tu es si belle, lui dit sa mère alors qu'elle partait. Tu devrais t'acheter une arme. »

Trois

Cette semaine-là, Anders se sentit vaguement menacé en parcourant la ville, ce qu'il fit aussi peu que possible, et bien que cela présentât ses propres risques il portait une capuche, le visage invisible de part et d'autre. S'il avait fait plus froid en ces magnifiques journées du début de l'automne il aurait enfilé des gants, mais cela aurait paru ridicule vu la température ; il garda donc les mains dans ses poches et un sac à dos en bandoulière pour transporter le moindre objet qu'il sortait acheter, du papier toilette, du pain ou un nouveau chargeur de téléphone, ce qui voulait dire que ses mains pouvaient en majeure partie rester cachées, ne surgissant que pour ouvrir une porte ou glisser une carte de paiement – éclair de peau brune semblable à un poisson jaillissant à la surface avant de replonger, conscient des dangers d'être vu.

Les gens qui le connaissaient ne le reconnaissaient plus. Il les dépassait dans sa voiture ou sur le trottoir, où ils lui laissaient parfois de l'espace, et où il lui arrivait, sans y penser, de faire de même. Personne ne se mit à le frapper ni à le poignarder ni à lui tirer dessus, personne ne le saisit au col, personne même ne lui cria après, personne depuis la femme dans sa voiture, en tout cas pour le moment, et Anders ne savait pas vraiment d'où venait son sentiment de vivre sous la menace, mais il était bien présent, solidement ancré, et une fois qu'il lui parut évident qu'il était un étranger pour ceux dont il connaissait le prénom, il n'essaya ni de les dévisager ni de laisser son regard s'attarder d'une manière qui pourrait être mal interprétée.

Presque aussi perturbante que la vision de quelqu'un qu'il connaissait était la sensation d'être reconnu par une personne qu'il ne connaissait pas, une personne de couleur, attendant à un arrêt de bus ou passant la serpillière ou assise dans un groupe à l'arrière d'une camionnette, un groupe qui ressemblait, il ne pouvait s'empêcher de le penser, à un groupe d'animaux, pas à des humains, à être ainsi transportés d'une tâche à une autre, d'un site à un autre, et en vérité c'était cela le plus dérangeant, ce moment où un homme de couleur le regardait, regardait Anders comme s'il le voyait, l'espace d'un instant, leurs regards se croisant, de façon ni amicale ni hostile, mais juste comme deux personnes peuvent se regarder, et quand cela arrivait Anders détournait brusquement les yeux.

Anders attendit avant de prévenir son père, pourquoi, il l'ignorait, peut-être parce que son père avait toujours semblé quelque peu déçu par son fils, et que cela n'aurait fait qu'ajouter à sa déception, ou peut-être parce que son père avait d'autres chats à fouetter et qu'Anders ne voulait pas alourdir son fardeau, ou encore parce que tout cela ne se serait pas vraiment produit tant que son père n'était pas au courant, Anders serait toujours Anders, là, dans la maison où il avait grandi, et que l'annonce y mettrait fin, qu'elle changerait tout, irrévocablement, mais quelle que fût la raison, il attendit, encore et encore, et enfin il parla.

Il le fit par téléphone, ce qui était lâche, mais il ne voyait pas comment il pourrait débarquer et lâcher le morceau, ni même pourquoi son père le croirait. C'est comme ça qu'il l'avait annoncé à Oona, par téléphone, c'est donc ainsi qu'il le fit à nouveau. La première fois son père raccrocha ; la seconde, il lui demanda s'il était défoncé, s'il trouvait ça drôle, et lorsque Anders répondit non aux deux, il demanda d'une voix d'acier, un acier qu'Anders connaissait bien, si son fils essayait de le faire passer pour un raciste, ce qu'Anders nia fermement, et son père répondit donc montre-moi ça, petit malin, viens ici me le montrer si tu l'oses.

Le père d'Anders ne l'avait vraiment battu qu'une seule fois. Il l'avait frappé à plusieurs occasions, mais un tabassage en bonne et due forme, ce n'était arrivé que cette fois-là, car sa mère l'avait longtemps interdit, et le jour où il avait battu Anders c'était parce qu'il s'était montré négligent avec un fusil chargé, qu'il avait déchargé par erreur, Anders avait été négligent après plusieurs avertissements. À l'époque Anders faisait deux têtes de moins que son père, et son père, pensait Anders, avait eu raison de le frapper, mais c'était une bastonnade qu'Anders n'oublierait jamais, ni la correction ni la leçon, et c'était tout l'intérêt, une arme était un jalon sur le chemin de la mort, et devait être respectée comme telle, à l'instar d'un cercueil ou d'une tombe ou d'un repas en hiver, à ne pas prendre à la légère, et alors qu'il était en route vers chez son père, bien qu'Anders fût le plus grand et le plus lourd des deux, ce passage à tabac se fraya un chemin jusqu'aux premières loges de son esprit.

Le père d'Anders était contremaître, efflanqué et malade jusqu'à la moelle, malade jusqu'aux entrailles, mais il ne faisait pas confiance aux médecins et refusait de les voir, et ses yeux pâles brûlaient comme s'il avait de la fièvre, ou comme s'il priait pour un meurtre, ils étaient ainsi depuis que la mère d'Anders était morte, ou depuis qu'elle était tombée malade et qu'il était devenu clair qu'elle n'irait pas mieux, ou peut-être depuis plus longtemps que cela, Anders ne se rappelait pas. Malgré son décharnement son dos était droit et ses avant-bras comme de la corde, et il pouvait marcher en portant une charge improbable en vacillant à peine, avec le genre de force qui faisait avancer les choses, une force redoutable, devait admettre Anders. Son père l'attendait sur son perron en regardant son fils, le fils qui lui avait rappelé sa femme, la mère du garçon, pas que le gamin fût douillet, mais il était trop doux pour son propre bien et trop souvent dans la lune, et il portait sur lui la marque de sa mère, un garçon façonné dans le moule de sa mère, et comme il voyait maintenant son garçon, comme il regardait Anders approcher, tout s'évapora, elle s'évapora, et ce garçon, qui rendait les choses simples compliquées, qui n'avait pas encore trouvé sa voie, ce garçon, voyait le père d'Anders, allait souffrir. Sa mère avait disparu, on ne voyait en lui aucune trace d'elle, et il se tenait là, le père d'Anders, une cigarette à la bouche, une main accrochée au tissu de la manche de son fils, l'autre rigide sur le côté, et il pleura, pleura comme s'il frémissait, comme une toux sans fin, sans un bruit, fixant l'homme qui avait été Anders, jusqu'à ce que son fils le conduise à l'intérieur, et enfin ils s'assirent tous les deux.

*

Pendant son jour de congé, Oona se rendit en ville pour voir une amie, ville où elle avait fréquenté l'université et commencé une vie interrompue, ou abandonnée, Oona hésitait entre les deux. Elle avait cru autrefois qu'il s'agissait de la première option, mais c'était une réaliste et elle savait que chaque mois passé loin de la ville rendait le retour d'autant plus difficile, elle le savait bien, c'est ainsi que fonctionnait la ville, c'était le prix qu'il fallait être prête à payer – or elle était prête, mais la ville lui manquait, elle lui manquait farouchement, surtout à cet instant, alors qu'elle faisait les trois heures de route en écoutant son appel.

Tandis qu'elle traversait le pont et l'eau puissante, qu'elle voyait les immeubles imposants, c'était comme si elle entrait dans un autre monde et devenait une autre Oona, et elle n'aurait pas dû pouvoir simplement s'arrêter, sortir de sa voiture et s'engouffrer dans les rues qu'elle connaissait si bien, mais c'était bel et bien possible, et elle traversa le parc de son ancien quartier, prit une bouteille de vin dans son ancien magasin de spiritueux, et vit les lumières commencer à scintiller dans la nuit. Elle se retrouva alors dans le minuscule appartement de son amie, le vin ouvert et la ville qui était là, de l'autre côté des fenêtres, et elles auraient pu faire semblant, si elles l'avaient voulu, d'avoir échappé au passage du temps.

Mais elles discutèrent, et Oona ne voulait pas parler de son frère mais son amie l'interrogea, donc elle le fit, et l'ambiance changea, c'était à nouveau maintenant et non plus autrefois. Il leur fallut manger, ce qui les amena dehors, et alors qu'elles mangeaient, elles burent, et leurs esprits s'allégèrent. Elles allèrent dans un bar où Oona n'était jamais allée, et elles burent encore, et des types les draguèrent, et il y eut de la danse, et il y eut un corps tout proche du sien, et un contact à travers le tissu de sa robe, et une proposition, et un rythme partagé, et une hésitation quant au fait de rentrer avec lui – plus qu'une hésitation, les débuts rapprochés de quelque chose, du désir, mais il y eut de la fatigue, aussi, de la fatigue puis une excuse donnée au sujet d'un lendemain qui commencerait tôt, et un sommeil agité sur le sac de couchage de son amie, dans un coin à même le sol, et une sonnerie de réveil à l'aube, elle qui n'en avait jamais besoin. Puis elle fut sur l'autoroute, un grand café ayant remplacé son traditionnel rituel du matin, sous un ciel de sang, la tête pleine et douloureuse, la musique basse, rentrant pour être à l'heure au cours qu'elle donnerait à midi, pour aller chercher en elle la force de le faire.

Cette semaine-là Anders envoya des messages à Oona auxquels elle ne répondit que par intermittence, suffisamment, de son point de vue à lui, pour qu'il retente sa chance un jour ou deux après, et de son point de vue à elle, assez pour ne pas paraître totalement froide, le fait qu'elle lui envoie la moindre réponse allant déjà à l'encontre de ce que lui dictait son intuition, et elle prit soin de ne pas lui répondre assez rapidement pour suggérer qu'elle était plus à l'aise avec sa situation qu'elle ne l'était réellement, à savoir très peu.

Les nouvelles de personnes qui changeaient commencèrent à surgir aux quatre coins du pays, des nouvelles d'abord douteuses, rapidement balayées et vertement moquées, à raison, mais ensuite reprises par des voix dignes de confiance, comme une question à confirmer, en train d'être confirmée, visiblement avérée.

Lorsque la mère d'Oona la fit descendre un soir pour lui dire qu'on en parlait à la télévision, qu'ils interviewaient quelqu'un qui avait cessé d'être blanc, maintenant, à la télé, et qu'elle lui dit ensuite, alors qu'Oona était désormais debout à côté d'elle, tu vois, voilà la preuve, Oona regarda, et après un moment elle sortit et appela Anders.

Derrière la maison d'Oona la lune était visible, pas tout à fait pleine, une lune enceinte, comme le disait son père, et les étoiles parsemaient le ciel, et Jupiter était là, lumineuse, et Saturne, pas tant que cela, et elle suivit leur arche à la recherche de Mars, mais des arbres bloquaient la vue et Mars était introuvable, et le fait de ne pas voir Mars lui fit songer à la frigidité de l'espace, à son inhumanité, un vide sans vie, mort, comme son père, et comme son frère qui l'avait suivi, qui ne s'en était jamais remis, et cette chaîne de pensées lui donna l'impression d'avoir largué les amarres, faisant de la Terre une ancre moins fiable, rendant moins ferme sa connexion avec l'herbe sous ses pieds nus. Elle sentit le poids de leur absence, son frère, son père qui la tiraient vers eux, le néant qui les avait pris, qui nous prend tous, comment peut-il tous nous prendre, nous anéantir, puis une sonnerie, une sonnerie qui s'arrêta, et Anders lui répondit.

Lui aussi avait regardé les nouvelles.

« Au moins tu n'es pas seul, dit-elle.

— En effet, fit-il doucement.

— Qu'est-ce que ça te fait ? », demanda-t-elle.

Il attendit un long moment. « Ce n'est pas plus mal », répondit-il. Et à la façon dont il le dit, elle eut le sentiment qu'il s'agissait d'une invitation.

Quatre

Anders expliqua la situation à son chef, une situation qui n'était pas unique, ni contagieuse, de ce qu'on en savait, et il retourna à la salle de sport après une semaine de congés. Son chef l'attendait à l'entrée, plus grand que dans son souvenir, même si bien sûr il faisait toujours la même taille ; il le regarda de haut en bas et lui dit : « Je me serais tiré une balle. »

Anders haussa les épaules, ne sachant trop quoi répondre, et son chef ajouta : « Si ç'avait été moi. »

Malgré l'odeur de transpiration la salle était vide car il était encore tôt, les râteliers en acier et les plateaux en bois et les bancs dont le rembourrage fissuré était colmaté par du Scotch, tous étaient vacants, et les deux hommes s'entraînaient séparément, le chef d'Anders vibrant au gré des bruits métalliques de ses monstrueuses séries de squats, épais, ses coudes comme des genoux, ses genoux comme des têtes, son visage rouge de rage, comme il le devenait lorsqu'il soulevait de lourdes charges, ce qui rappela à Anders la fois, quelques mois plus tôt, où son chef avait failli agresser quelqu'un qui lui avait parlé lors d'une compétition, qui lui avait parlé au mauvais moment, quand il était dans sa zone de guerrier, de fou furieux dans laquelle il entrait juste avant un essai, car même à la cinquantaine son chef restait un redoutable compétiteur, dans la catégorie senior. Il se rappela comment son chef avait dû être retenu, avec beaucoup de difficulté, par quatre hommes baraqués, des hommes bien plus baraqués qu'Anders, et Anders était là, pas loin, pas comme concurrent mais juste comme supporter, et l'incident entier l'avait mis mal à l'aise, le fait qu'il ait quelque chose de primal, déroutant, et il s'en souvint juste à ce moment-là, tandis qu'entre les séries son chef s'arrêtait, s'arrêtait et regardait Anders faire ses soulevés de terre, Anders atteindre sa charge maximale, une charge ni supérieure ni inférieure à celle qu'Anders atteignait autrefois, ce qui rassura Anders, c'était une chose qui n'avait pas changé, mais il se demandait si son chef pensait de même, vu l'intensité avec laquelle il le regardait, s'il s'attendait à ce que la charge soit différente car Anders était différent, ou si tout cela n'était que dans l'esprit d'Anders – quoi qu'il en soit il fut soulagé lorsqu'il vit le premier client entrer dans leur espace, et alors ils y furent trois, et non deux.

La salle se remplit au fil de la journée et Anders, sans le vouloir, commença à remarquer des regards, rapides, vagues, à mesure que le bruit se répandait que lui, ce type à la peau sombre, était Anders, avait été Anders, et Anders essayait de les ignorer, car il était populaire à la salle : la personne que vous alliez voir si vous aviez mal au genou ou quand vous n'arriviez pas à lever les bras bien haut, quand vous aviez trop forcé, quand les douleurs accumulées tout au long de la vie finissaient par vous rattraper, ce qui était fréquent, car il s'agissait d'une salle uniquement consacrée à la musculation, une salle rugueuse, où les hommes, et en général ce n'étaient que des hommes, testaient leurs limites en confrontant haltères et gravité, pas un de ces endroits policés avec leurs machines chromées. Ici les clients étaient généralement plus âgés, et ils s'entraînaient non pas comme s'ils faisaient de l'exercice mais comme s'ils étaient désespérés, et donc ils estimaient beaucoup Anders, que les anciens appelaient doc, diminutif de docteur, parce que au fil du temps il était devenu une sorte d'expert dans l'art de rafistoler les organismes, et qu'il lisait tout ce qu'il trouvait à lire, c'était une sorte de bricoleur dévoué et érudit, donc les gens l'aimaient, ils l'aimaient beaucoup, dans cette salle, ou en tout cas ils l'avaient aimé, car ils ne donnaient plus cette impression à présent, ils ne semblaient pas tout à fait à l'aise, ils semblaient, si Anders était honnête, à moins qu'il fût paranoïaque, et peut-être l'était-il, ils semblaient en quelque sorte sur les nerfs.

Anders se dit que les regards n'avaient rien de surprenant, tout le monde aurait fait pareil, lui-même aurait fait pareil, ce n'était pas une situation normale, après tout, et pour rassurer les gens, pour se rassurer lui-même aussi, il essayait d'avoir sa tchatche habituelle, d'être lui-même, d'agir indubitablement comme lui-même, mais cela s'avéra plus difficile qu'il l'avait imaginé, impossible à vrai dire, car qu'y avait-il de plus contraire à soi, de plus gênant, que d'essayer d'être soi-même, et il en perdait les pédales, de cette artificialité, mais il ne savait pas par quoi la remplacer, et il se mit donc à la place à imiter les autres autour de lui, à faire écho à la manière dont ils parlaient et marchaient et bougeaient et à la façon dont ils remuaient la bouche, comme s'ils jouaient un rôle, et il essayait de le jouer aussi, sans même savoir ce qu'il faisait. Mais quoi qu'il fît ce n'était pas suffisant, ou sa performance n'était pas convaincante, car son sentiment d'être observé, d'être à l'extérieur, regardé par ceux qui étaient à l'intérieur, de se mettre tout seul dans l'embarras, ce sentiment profondément frustrant ne le quitta pas d'une semelle.

*

Oona passa la journée dans sa salle de yoga, ses clients assez différents de ceux d'Anders, principalement des femmes, et si elles n'étaient pas riches, elles l'étaient plus que la moyenne locale, plus éduquées aussi, repoussant la vieillesse par des tentatives de rester souples et relativement fines dans des environnements où les odeurs humaines étaient bannies, remplacées par celles inspirées par les plantes, connotant peut-être, pensait Oona, le cycle naturel de la vie ou, à l'inverse, l'immortalité, telle une forêt de séquoias dont les arbres sont presque éternels.

Oona était la plus jeune des professeurs attitrés de la salle. Elle était très demandée car elle était diligente et talentueuse, et parce qu'elle avait le physique de l'emploi, le genre de corps auquel les clients attribuaient de la légitimité. Si elle n'était pas particulièrement gentille, du moins n'était-elle pas méchante, ce qui pouvait se comprendre étant donné la récente tragédie dans sa famille, dont l'histoire avait été largement commentée parmi les habitués de la salle.

Contrairement à Anders, Oona ne savait pas si elle souhaitait faire de son occupation du moment son projet de carrière. L'enseignement du yoga avait commencé comme une activité à côté, mais à côté de quoi, cette question n'avait jamais été claire, ne trouvant pas en ville un soi-disant vrai métier sur le long terme, ou une vocation qui lui aurait indubitablement montré le chemin à suivre, après s'être essayée à la scène et à l'écriture et même à un emploi dans une start-up mais sans faire beaucoup de progrès dans aucune de ces directions. Pendant un temps elle avait envisagé d'essayer de se monétiser à travers les réseaux sociaux, postant des images de sa journée, de ses entraînements et de sa vie, mais si elle était suivie, elle ne l'était pas suffisamment, et elle s'était demandé si c'était qu'elle n'était pas assez séduisante, ou pas assez douée pour la photographie, ou si elle semblait fausse, si sa fausseté était moins bien dissimulée que celle des autres. Si des milliers d'étrangers semblaient heureux de la contempler, ce n'étaient pas des centaines de milliers, ni des millions, ni même les quelques dizaines de milliers qui auraient marqué une réelle avancée, et il semblait que cela n'arriverait jamais, et la constante curation d'elle-même lui ôtait une partie de la satisfaction qu'elle trouvait véritablement dans le yoga. Quand son frère était mort elle avait cessé de poster, et n'éprouvait plus aucun désir de le faire, même si elle n'avait pas supprimé son compte, l'avait juste laissé là, une porte de secours vers la quête potentiellement addictive de célébrité, comme une cigarette dans la maison de quelqu'un qui a arrêté et qui parvient à ne pas reprendre, mais qui considère avec tendresse la partie de lui-même qui considère avec tendresse le fait d'être un fumeur.

*

Une fois son travail terminé, ce soir-là, Oona rentra chez elle à vélo et dîna avec sa mère. Celle-ci ne toucha quasiment pas à son assiette, ce qui voulait dire qu'elle avait probablement déjà mangé, bien qu'elle l'ait nié, nié d'un ton persécuté qui suggérait que c'était vrai. Elle se plaignait de douleurs, l'unique mal dont Oona et elle avaient toutes deux convenu qu'elle ne le soignerait pas avec un traitement trop fort à cause de ce que cela avait fait au frère d'Oona, mais elles burent chacune un verre de vin, et ensuite Oona lui fit couler un bain avec des bougies et des cuillerées de poudre effervescente, et l'aida à passer la jambe au-dessus du bord pour s'assurer qu'elle ne tombe pas encore une fois, l'entrée dans le bain étant plus délicate que dans la cabine de douche. Puis elle quitta la pièce tandis que sa mère attendait de retirer son petit peignoir, pas comme lorsque Oona était enfant et que sa mère se déshabillait et se baignait devant elle sans la moindre hésitation – une pudeur nouvelle née de l'horreur –, et lorsqu'elle eut terminé, Oona s'assit au bord du lit de sa mère et massa ses pieds doux et robustes avec de la lotion, puis s'éclipsa hors de la pièce, optimiste quant au fait que sa mère allait s'endormir, ce qu'elle n'avait pas pu faire la nuit précédente, pas correctement, ne trouvant que quelques heures d'un sommeil perturbé. Mais lorsque Oona vérifia quelques minutes plus tard elle dormait bel et bien, le bruit ne laissait aucun doute, des halètements isolés et infiniment brefs, une victoire, et Oona aurait dû aller se coucher elle-même, mais elle n'était pas prête, elle était déboussolée, agitée, et n'alla donc pas au lit. Elle descendit et prit la route sans prévenir pour aller voir Anders.

Oona n'avait pas le sentiment de vouloir qu'on la touche, de vouloir une libération physique, elle voulait autre chose, de la compagnie peut-être, oui, sa compagnie, la compagnie d'Anders, s'asseoir avec lui, comprise, et simplement être.

Ce qui était arrivé à Anders faillit la dissuader à mi-chemin, arrêtée à un feu rouge, mais elle ne fit pas demi-tour, et puis elle arriva, et sa porte, comme toujours, n'était pas fermée. Après quelques coups d'avertissement elle était maintenant à l'intérieur, et l'homme de couleur était là, l'homme de couleur qui était désormais Anders. Elle l'avait vu une fois déjà, déjà même couché avec lui, étrange maintenant en y pensant, mais c'était comme si elle le voyait pour la première fois, un inconnu, et elle dut se forcer pour y voir Anders, pour voir que c'était Anders, l'Anders qu'elle connaissait, avec qui elle avait passé de nombreuses nuits ces derniers mois, c'était cet Anders-là, Anders sur son vieil ordinateur poussif, tapant sur la machine perchée sur ses genoux, levant les yeux vers elle, et lui adressant un sourire qu'elle ne reconnaissait pas, pas sur lui, pas encore, mais un sourire qui n'intensifia pas la force qu'elle sentait disparaître en elle, un sourire qui se suffisait à lui-même et qui n'attendait rien.

Ils écoutèrent de la musique et fumèrent un joint, Anders sur le canapé, Oona par terre, la distance et la différence d'élévation empêchant des contacts inconscients, donc ils ne se touchaient qu'en se le passant l'un à l'autre, des doigts en effleurant d'autres. Ils parlèrent un peu mais pas trop, Anders surpris et ravi de l'avoir à ses côtés mais inquiet de sa présence également, inquiet de la facilité avec laquelle elle pourrait être perdue, et par ce que cela signifiait d'être inquiet d'une telle chose. Oona ne savait pas qu'elle attendait mais il semblait qu'elle l'avait fait, car elle commença à parler, et une fois lancée, pendant un long moment elle ne s'arrêta plus.

Oona raconta une histoire de têtards, d'excursions à l'étang pour aller les chercher, l'étang près de ce qu'ils appelaient la cascade, une falaise de ciment à peu près aussi haute qu'un adulte, sur laquelle le ruisseau coulait à flots lorsqu'il avait plu, et en filet sinon. Dans l'étang se trouvaient des têtards que son frère adorait attraper avec un filet prévu pour les poissons d'aquarium, mais d'abord il y avait la gelée tachetée des œufs, puis ces minuscules formes frétillantes, et au voyage suivant les têtards en bonne et due forme. Mais ils attendaient tout de même encore, attendaient que leurs pattes avant aient commencé à pousser, qu'arrivent les premières excroissances, les moignons, et c'était à ce moment-là que son frère aimait les attraper, toujours par deux, les appelant il et elle, même s'ils ignoraient leur sexe et ne pouvaient pas même les distinguer, recueillis à cet instant précis car c'est là qu'ils étaient les plus intéressants. On pouvait les observer à la maison dans un bocal d'eau de l'étang, leurs pattes avant grandissant, leur queue rétrécissant, avec l'intention de les rapporter avant que leur queue ait disparu, avant que les têtards soient des grenouilles et qu'ils se noient, un plan soigneusement réfléchi qui ne fonctionnait jamais, pas une seule des fois où ils essayèrent, pas une, ce qui paraît horrible à présent, mais qui était simplement triste à l'époque, nous étions tristes pour eux, comme si ce n'était pas notre faute qu'ils soient morts, et là-dessus Oona avait terminé, et lorsqu'elle termina elle se leva et toucha sa joue, se demandant si elle la trouverait mouillée, mais il n'y avait là aucune larme et sa voix était stable donc elle conclut qu'elle n'avait pas pleuré, et elle quitta Anders d'un petit signe de la main.

Cinq

Le chef d'Anders avait dit qu'il se serait tiré une balle et c'est précisément ce que fit un homme la semaine suivante, son histoire suivie par Anders dans la presse locale, ou plutôt en ligne dans la section régionale d'un grand média, le journal local ayant fermé depuis longtemps ; cet homme s'était tiré une balle devant sa propre maison, un tir entendu mais non vu par un voisin, signalé, et présumé être un acte d'autodéfense, le corps sombre étendu là celui d'un intrus, abattu avec son propre revolver après une lutte, mais le propriétaire n'était pas présent, et on ne le trouvait nulle part. Puis l'alliance et le portefeuille et le téléphone sur la victime furent tous retrouvés, ainsi que les messages qui avaient été envoyés, et les experts s'exprimèrent, et la conclusion de tout cela était claire, en l'occurrence qu'un homme blanc avait en effet abattu un homme de couleur, mais aussi que l'homme de couleur et l'homme blanc étaient le même.

L'atmosphère de la ville changeait plus rapidement que la couleur de peau de ses habitants, car Anders ne pouvait pas encore percevoir de réelle évolution dans le nombre d'hommes de couleur dans les rues, ou s'il le pouvait, il ne pouvait en être sûr, ceux qui avaient changé demeurant, de toute évidence, rares et dispersés, mais l'humeur, oui, l'humeur changeait, et les étagères des magasins étaient plus dégarnies, et le soir les routes étaient plus désertes, et même les journées étaient plus courtes et plus froides qu'elles ne l'étaient encore récemment, les feuilles plus autant assurées dans leur vert, et si ces mutations saisonnières n'étaient peut-être que le cours naturel des choses, celui-ci paraissait désormais plus menaçant aux yeux d'Anders.

Au travail Anders était devenu plus silencieux qu'il ne l'avait été, moins sûr de la manière dont sa moindre action serait perçue, et c'était comme s'il avait été réembauché comme personnage secondaire sur le décor de l'émission télévisée dans laquelle sa vie était jouée, mais il n'avait pas perdu tout espoir, malgré tout, qu'un retour à son ancien rôle était possible, à son ancienne place centrale, ou sinon central, du moins un rôle préférable à ce rôle périphérique. Il fut donc presque excité d'entendre qu'un client de longue date de la salle de sport avait changé – en vérité il était bel et bien excité, attendant son arrivée avec une certaine impatience. Désormais Anders ne serait plus le seul. Mais l'homme arriva à l'horaire attendu, un homme à la peau sombre reconnaissable uniquement à sa veste, et il se tint là, cet homme, regardant autour de lui, regardant ceux qui le regardaient, et partit sans un mot, comme s'il était possible, non, certain, qu'il ne reviendrait jamais.

*

La mère d'Oona était active sur Internet et écoutait la radio et regardait les nouvelles, et elle en était arrivée à la conclusion qu'elle faisait partie de l'intérieur, des élus, de ceux qui comprenaient le complot, le complot dont sa fille disait qu'il était ridicule, un complot qui se tramait depuis des années, des décennies, des siècles peut-être, le complot contre leur genre, oui leur genre, peu importe ce que sa fille en disait, car ils avaient un genre, le seul peuple qui ne pouvait pas se désigner comme tel dans ce pays, et ils n'étaient plus si nombreux. À présent le complot s'était réalisé, et il était parmi eux, et elle avait peur, car que pouvait-elle faire, mais il y en avait parmi eux qui se défendraient, se défendraient et la protégeraient, et elle devait croire en eux, et être préparée, préparée du mieux qu'elle pouvait, pour se préserver, et surtout sa fille, sa fille qui était le futur, était le futur de tout, car sans sa fille, sans leurs filles à tous, ils seraient perdus, un champ sans rameaux, sans jeunes pousses, sans vie, un désert couvert de sable avec des lézards venus de loin tressautant à droite et à gauche, et d'étranges cactus poussant là où poussaient autrefois des récoltes vigoureuses. Elle n'avait pas souhaité vivre une telle époque, elle l'effrayait, elle était terrifiée, mais elle y était condamnée, comme ses ancêtres avaient été condamnés à vivre en temps de guerre et de peste et de catastrophes. Elle devait se montrer digne de ses racines et se reprendre et tenir bon, pour sa fille, pour elle-même, pour son peuple, et faire ce qui devait être fait.

Il fallait faire des provisions et elle avait déjà hésité trop longtemps, et acheté trop peu, acheté trop peu car elle avait trop peu d'argent. Ce que son mari lui avait laissé était tout juste assez, et certaines années on aurait dit qu'elle viendrait à manquer avant l'heure, et d'autres il semblait que cela suffirait, mais sans la moindre marge d'erreur, et chaque année elle faisait attention, reprisant ses propres vêtements, régulant le chauffage, trouvant des bons plans, évitant le superflu, sauf rarement, très rarement, quand c'était plus fort qu'elle, comme pour sa télévision qui était plus grande qu'elle n'en avait strictement besoin, mais qui était si importante qu'elle s'était permis cette indulgence – et quand bien même elle l'avait achetée d'occasion, dans un magasin qui avait défendu son produit, et l'avait complété d'une garantie. À présent il lui fallait des provisions, assez pour durer longtemps, et elles coûteraient de l'argent, et bouleverseraient son budget, le bouleverseraient totalement. Elle avait donc hésité, mais elle savait qu'elle ne pouvait plus se le permettre.

Oona essaya de la dissuader, de lui dire qu'un peu de réserves était une chose raisonnable mais qu'autant ne l'était pas, et leurs discussions devinrent houleuses. Lorsqu'elle prit la route avec sa mère en direction des grandes surfaces où les achats pouvaient se faire en gros, Oona ne laissa pas sa mère écouter les stations radio qu'elle voulait écouter et tenta d'apporter une dose de réalité aux discussions, et se posa des questions sur la santé mentale de sa mère, et même sur la sienne, car sa mère était convaincue, et on ne pouvait pas l'en dissuader, et fut renforcée dans ses convictions par les queues d'acheteurs qui de toute évidence partageaient sa vision, les produits venant à manquer : non seulement la nourriture mais aussi les batteries et les pansements et les médicaments, et beaucoup d'autres choses à côté, et plus sa mère achetait, plus Oona achetait avec elle, plus Oona était inquiète, plus elle doutait, et se sentait incertaine, se sentait moins confiante dans le fait que sa mère se trompait, moins capable de dire avec certitude que tout cela n'était pas en ordre de marche, une folie, une pure folie, mais peut-être perceptible tout de même dans la brise, peut-être en chemin, même s'il était impossible qu'elle arrive, cette grande, cette terrible tempête.

*

Oona et Anders allèrent se promener et Oona lui parla de l'obsession de sa mère quant au fait d'être préparée, et de leurs récentes expéditions dans les magasins, et de toute la thésaurisation qu'elle avait vue, les gens thésaurisaient, et Anders dit qu'il devrait peut-être lui aussi faire quelques réserves, peut-être y aurait-il des pénuries, mais il espérait que les choses se calmeraient, pensait-elle que les choses se calmeraient, elle dit qu'elle le pensait, et puis elle dit qu'elle ne savait plus, et il dit qu'il ne savait plus non plus, il s'était dit que tout cela finirait par disparaître mais pour être honnête il ne savait pas.

Ils marchaient le long d'un ruisseau, un ruisseau qui coulait non loin de leur ancien lycée, le courant plus timide à présent, en automne, et ils serpentaient à travers le terrain qui séparait un parking de l'eau, en face de l'école, des bouteilles brisées et des détritus éparpillés sur le chemin en gravier. Anders aimait ce coin, qui n'était évidemment pas séduisant en lui-même, car il lui rappelait les joints et les diatribes éméchées avec des potes dont il regrettait de s'être éloigné, et Oona l'aimait car elle avait l'habitude d'y marcher avec son frère, séchant les cours ensemble, et à ce moment-là le soleil apparut, et les hautes herbes des terres humides, les quenouilles, ondulaient dans le vent, un vent très légèrement mordant, mais ils avaient des tenues appropriées, Anders et Oona, ils y étaient préparés, et cela n'était pas si mal du tout.

Oona sentait sur son visage la fraîcheur qui réveillait sa peau, et ils marchaient, et alors Anders dit qu'il n'était pas sûr d'être la même personne, il avait d'abord eu l'impression que c'était toujours lui sous la surface, qui d'autre cela pouvait-il être, mais ce n'était pas si simple, et la façon dont les gens se comportent autour de toi, cela change ce que tu es, qui tu es. Oona dit qu'elle comprenait, que c'était comme apprendre une langue étrangère, et quand tu essayais de parler une langue étrangère, tu perdais ton sens de l'humour, peu importent tes efforts, tu ne pouvais plus être drôle comme tu l'étais, et Anders dit qu'il ne connaissait aucune langue étrangère, qu'il avait déjà eu assez de mal à lire et à écrire dans leur propre langue. Il rit et elle rit avec lui, et il dit, mais je comprends ce que tu veux dire, oui, c'est exactement ça.

Un gros camion roula sur un nid-de-poule quelque part dans le lointain, et tandis que l'écho des grondements sourds s'estompait, Anders dit qu'il y avait un type à la peau sombre qui faisait le ménage à la salle de sport. Il travaillait le soir et Anders avait toujours été gentil à son égard, mais le type du ménage avait commencé à le regarder d'une nouvelle façon après qu'Anders eut changé. Anders n'avait pas apprécié mais cela le fit réfléchir, et il s'était aperçu que le type du ménage était le seul type à la salle qui ne s'y entraînait jamais. C'était un type vraiment petit, était-ce pour cela qu'on l'avait engagé, parce qu'il était petit, dans un endroit où il était important d'être grand, et avait-il une famille, là d'où il venait, ou était-il seul, et pourquoi Anders ne lui avait-il jamais demandé ces choses-là, et pourquoi la nouvelle façon qu'il avait de le regarder dérangeait-elle Anders, cette façon de le regarder comme si Anders pouvait lui parler, mais Anders ne lui avait pas encore parlé, pas au-delà de l'habituel bonjour ça va, passez une bonne journée. Anders avait décidé qu'il lui parlerait, enfin, après toutes ces années, il cesserait d'être gentil avec lui, ce qui n'était pas vraiment de la gentillesse, c'était juste traiter le type du ménage comme un petit chiot, comme un chien à qui on donne quelques petites tapes et à qui on dit bon toutou, et au lieu de cela Anders irait lui parler, et voir ce qu'il avait à dire, non pas parce qu'il était meilleur qu'avant, mais parce que la façon dont Anders voyait les choses n'était plus la même, parce que le type du ménage pouvait probablement enseigner deux ou trois choses à Anders et que cela ne ferait probablement pas de mal à Anders d'apprendre.

Les moustiques étaient partis et les libellules aussi, l'air au-dessus du ruisseau filtré de ses essaims d'insectes, filtré par l'automne, tandis que haut dans le ciel des oiseaux s'envolaient vers des climats plus chauds. C'était le genre de journée où l'on peut sentir la planète qui poursuit son voyage, s'inclinant et sinuant en chemin, jamais immobile, inarrêtable, décidant où commence l'après-midi et où s'arrête le matin.

Oona jeta un coup d'œil vers Anders et songea en silence qu'il lui paraissait parfois normal et parfois étranger, sa perception basculant de l'un à l'autre, un peu comme lorsque l'on fixe un écran de télévision vierge, un écran figé, et au bout d'un moment on commence à voir des images, des images étranges comme des serpents ou des vagues ou une montagne, ou plutôt non, pas vraiment comme cela, car ce n'était pas son visage à lui mais plutôt sa perception à elle qui s'inversait, d'une minute à l'autre, davantage comme une brique de lait que vous avez reniflée et dont vous aviez pensé que le lait avait tourné, mais qui finalement avait bon goût si vous en buviez une gorgée un instant plus tard.

C'était une journée de congés et ils avaient nonchalamment synchronisé leurs agendas pour que ces congés coïncident, impatients de se retrouver à la lumière du soleil, ailleurs que chez Anders, sans la pression et les complications d'un lit à proximité. Ce n'était pas une journée de congés à l'école mais quelques élèves se tenaient sur la rive opposée, l'un d'entre eux qui fumait, un autre qui faisait des ricochets. Les garçons ne dévisageaient pas Anders et Oona qui approchaient mais ils regardaient tout de même, et tous les garçons étaient d'une couleur de peau similaire, plus ou moins, et Anders avait la peau sombre et Oona la peau claire, et Anders et Oona devinrent vivement conscients de leur différence à cet instant. Le garçon qui faisait des ricochets n'arrêta pas ses lancers et les pierres plates aiguisées qu'il lançait n'étaient pas forcément rondes, et certaines allaient plus loin que d'autres, et l'une aurait pu traverser jusqu'à Anders et Oona et tomber dans un bruit sourd sur le chemin où ils marchaient – mais aucune pierre ne les heurta, ni n'arriva particulièrement proche, et Oona ignorait si c'était un hasard ou si c'était voulu, et Anders regardait droit devant, évitant de croiser le regard des garçons, ne contestant pas les lancers, qui continuèrent, bien qu'ils auraient pu ne pas le faire, étant donné le risque d'erreur ou de malentendu.

DEUXIÈME PARTIE

Six

Il y eut des flambées de violence en ville, une bagarre par-ci, une fusillade par-là, et le maire appela plusieurs fois au calme. Mais des militants avaient commencé à apparaître dans les rues, des militants à la peau pâle, certains habillés presque comme des soldats en uniforme de combat, ou à moitié comme des soldats, avec des pantalons style militaire et des vestes de civil, et d'autres habillés comme des chasseurs, dans des couleurs forestières, ou en jeans avec des gilets pare-balles – mais tous les militants, quel que soit leur accoutrement, étaient visiblement armés. Quant à la police, elle ne faisait pas réellement d'effort pour les arrêter.

Les militants ne prenaient pas Oona à partie lorsque parfois elle les croisait. Ils ne l'importunaient pas, pas plus qu'un groupe d'hommes peut normalement importuner une femme seule, et même moins encore, peut-être parce qu'elle était blanche, ou parce qu'ils s'imaginaient qu'elle les soutenait, car elle ne portait aucun badge qui suggérait le contraire et n'ouvrait pas la bouche. Mais elle s'était trop souvent attardée lors de soirées alcoolisées au lycée et à la fac et elle connaissait le sentiment que les militants lui procuraient, le sentiment qu'ils étaient ensemble et qu'elle était seule, et que sa situation pouvait changer en un instant. Elle arrêta de prendre le vélo, elle prit la voiture, et ils lui faisaient peur.

Sa mère, elle, paraissait tout à fait joviale, en pleine forme, comme si elle venait d'augmenter considérablement sa dose de médicaments pour l'humeur et que son corps n'avait pas encore eu le temps de revoir ses propres jauges à la baisse en réaction. Oona ne l'avait pas vue ainsi depuis la mort de son frère, peut-être même depuis la mort de son père ; son air suggérait que tout allait bien dans le monde et que la planète allait dans la bonne direction, et que les torts seraient réparés, et que le futur était radieux, avec à nouveau des raisons d'être optimiste, des raisons qu'on avait attendues une éternité.

Oona se rappelait avoir pris de l'ecsta avec son frère quelques mois après l'enterrement de leur père, à l'époque où ils étaient au lycée. Ils avaient pris de l'ecsta auparavant et son frère n'avait pas semblé si mal à l'époque ; il était juste l'un de ces gamins qui aiment toucher à différentes substances relativement régulièrement et il n'avait pas encore trouvé celles qui le rendraient accro. Oona avait pensé que c'était peut-être trop tôt après la mort de leur père pour prendre de l'ecsta, et pour elle ce fut le cas, elle était devenue pitoyable, mais pas son frère, il avait eu l'air joyeux, joyeux mais fragile, sa joie à la fois puissante et forcée, comme celle de la mère d'Oona à présent, et il était possible que la fragilité de son frère ce jour-là eût à voir avec la mauvaise passe de sa sœur jumelle, avec le fait de devoir la gérer, mais Oona ne le pensait pas, elle pensait que son frère avait été fragile car il ne pouvait pas entièrement se leurrer, car il allait craquer, avait déjà craqué, comme sa mère avait craqué. Or une joie comme celle-là quand vous avez craqué, ce genre de joie soudaine, folle, ce n'est autre qu'un masque.

Oona s'inquiétait donc pour sa mère qui était curieusement apaisée désormais, ou en tout cas moins inquiète, ce qui pour sa mère était effectivement étrange, et Oona s'inquiétait pour elle-même, pour leur ville, et pour Anders, plus que ce qu'elle aurait imaginé pour Anders. Elle redoubla de fidélité envers ses exercices de méditation avec des résultats incontestablement mitigés, les remous de son esprit s'avérant souvent trop puissants.

*

Anders alla voir son père par une journée non dénuée d'une certaine fraîcheur, empruntant les rues secondaires, avançant à petits pas, s'arrêtant et observant aux intersections, comme un herbivore, par instinct de survie, s'assurant de ce qui se trouvait devant lui avant de continuer. Il avait des gants sur les mains et une capuche sur la tête et des lunettes de soleil sur les yeux, vain camouflage, mais peut-être suffisant, de loin. Ce n'était pas qu'on l'avait menacé, car ce n'était pas le cas, pas encore, mais simplement qu'il se sentait menacé, et il ne prenait donc aucun risque, en tout cas aucun qu'il pût éviter.

Son père mit du temps à répondre lorsque Anders frappa à la porte, et Anders vit avec stupéfaction combien son état s'était dégradé dans les semaines qui les séparaient de leur dernière entrevue. Le fils sut à coup sûr que le père s'apprêtait désormais à s'en aller, sut que cet homme maigre et puissant était sur le chemin de la sortie, presque parti déjà, et Anders fut soulagé d'avoir des lunettes de soleil, pour que son père n'eût pas à voir la prise de conscience pénétrer les yeux d'Anders. Son père était courbé, juste à peine, lui qui s'était toujours tenu si droit, courbé comme si sa maladie l'avait frappé dans le ventre ce matin-là et qu'il ne voulait pas montrer que le coup lui faisait toujours mal, mais quand quelque chose d'aussi droit et d'aussi important est courbé, ne serait-ce qu'un peu, il est remarquable à observer ; et Anders l'observa, et ils se serrèrent la main, la prise ferme, plus ferme que d'habitude, pour compenser l'infirmité. Le père d'Anders n'aimait pas regarder Anders, regarder ce que son fils était devenu, et il n'aimait pas le fait qu'il n'aimait pas cela, et il se força donc à regarder son fils, à s'accrocher encore plus longtemps à la main de son fils, la peau brune contre sa peau pâle, et il donna une tape sur l'épaule d'Anders et le serra à cet endroit, un geste expressif pour le père d'Anders, et il inclina la tête en signe de bienvenue et fit entrer son fils assombri.

Dans la maison, le mobilier était daté et n'allait pas avec le père d'Anders, avec ce qu'il aurait pris pour lui-même, car tout avait été acheté par la mère d'Anders, et la lui rappelait, les froufrous sur les housses de canapé, les sous-verre en dentelle sur les tables basses. Dans le salon les photos étaient d'eux tous, les parents d'Anders jeunes, Anders bébé et enfant, et la famille ensemble, aucune plus récente qu'une décennie environ, des photos déjà vieillies par le passage du temps.

Le père d'Anders écouta son fils lui parler de son mal-être et il regarda son fils boire une bière tandis qu'il laissait reposer la sienne, à peine entamée, sa bière posée là par habitude et par bienséance, car le père d'Anders ne pouvait plus en assurer la consommation. Il alla chercher la flasque en métal qui contenait son argent et en donna à son fils, malgré ses objections, et il fouilla dans ses tiroirs et aida son fils à charger des fournitures essentielles dans sa voiture, ou les donna directement à son fils, de toute façon, le gamin devrait faire le travail. Rester debout était difficile et il ignora sa douleur car elle faisait partie de lui à présent, constante, pas même vaguement supportable, mais également inévitable, et donc il s'en accommoda, comme d'un mauvais frère. Il récupéra un fusil et une boîte de cartouches et sa patience l'emporta sur la réticence de son fils, il lui dit prends-le puis attendit. Il regarda son fils faire ce qu'il avait à faire, c'est-à-dire arrêter de se mentir et commencer à accepter la situation, et prendre ce que son père tenait entre les mains, ce qui était évidemment nécessaire, et son fils prit un air grave en soupesant le fusil et les cartouches, ce qui était une bonne chose, dans cette situation, la gravité était ce que la situation exigeait.

Une fois rentré chez lui, Anders se demanda si le fusil renforçait réellement sa sécurité car il sentait qu'il était seul, et il valait mieux éviter la confrontation que de répondre aux provocations. Il imagina que les gens avaient quelque part plus de chances de s'en prendre à lui s'ils découvraient qu'il était armé, même s'il y avait tellement de types qui l'étaient, il avait juste ce sentiment qu'il était essentiel de ne pas être vu comme une menace, car être vu comme une menace, basané comme il était, c'était risquer d'être un jour exterminé.

*

Anders savait qu'il allait bientôt perdre son père et cette perte imminente semblait plus concrète à présent, plus réelle, non pas comme l'air mais comme une porte ou un mur, quelque chose contre lequel on aurait pu frapper, ou se cogner, et bien sûr les enfants savent qu'ils perdront leurs parents, ils le savent très tôt, mais la plupart sont capables de croire que ce présent-là n'arrivera jamais, qu'il est à des années de là, et entre chaque année il y a des mois, et entre chaque mois il y a des jours, et entre chaque jour il y a des heures, et entre chaque heure il y a des secondes, et ainsi de suite, les instants qui restent s'étirant à l'infini. Anders avait déjà perdu un parent et constaté que le temps que nous avons n'est pas illimité, mais jusqu'à ce jour il n'avait pas eu ce moment avec son père, ce moment de prise de conscience que la fin était proche, et maintenant qu'il l'avait eu, il était d'humeur pensive, et la venue d'Oona chez lui, quand elle arriva, était plus qu'un soulagement, c'était une possibilité.

Oona sentait quelque chose de différent elle aussi, pas uniquement en Anders mais en elle-même, dans la manière dont elle était attirée vers lui, pas comme un passage sous silence de ce qu'elle ne voulait pas entendre, pas seulement, plus seulement, mais comme une opportunité de parler, comme un commencement plutôt que la gestion d'une fin, et peut-être le fait qu'Anders ne ressemblât plus à Anders lui permettait-il de voir sa relation avec lui d'une nouvelle façon, ou peut-être le fait qu'Anders demeurât Anders indépendamment de son apparence lui permettait-il de voir plus nettement l'Anders en lui, mais quoi qu'il en soit, elle était heureuse d'être là avec lui, heureuse et humaine, ses besoins n'étant pas mécaniques, mais organiques, et donc plus compliqués, et aussi plus fertiles.

Oona s'assit à côté de lui et ils bavardèrent et ils fumèrent et ils s'embrassèrent, et le baiser fut un vrai baiser, un baiser pour se dire bonjour, et lorsqu'ils firent l'amour ce fut comme s'ils faisaient l'amour pour la première fois. Cette fois-là Oona ne regardait pas, elle ne regardait qu'à l'intérieur, et ce n'étaient pas Anders et Oona qui faisaient l'amour, c'était autre chose, d'autres gens, mais cette fois Anders voyait Oona, et Oona voyait Anders, et le sexe était lent, posé, un sexe languissant, nu, un sexe avec un ou deux grands sourires, avec ses urgences entièrement visibles, ses froncements de sourcils, ses expressions de douleur, ses angoisses instinctives apparentes. S'ils étaient en train de jouer, leur interprétation visait à représenter le naturel, et dans leur tentative ils s'approchèrent tout près de l'objectif, plus près qu'ils ne l'avaient jamais été.

Sept

Au travail, Anders n'était plus le seul à avoir changé, il y en avait d'autres, au-delà de ce premier qui avait débarqué un jour et disparu aussitôt, et cette salle qui avait été jusque-là quasiment réservée aux Blancs, quasiment, ne comptait désormais non pas un homme de couleur, ni deux, ces deux-là étant Anders et, le soir, le type du ménage, mais souvent trois, voire quatre. Anders avait imaginé que cela arrangerait les choses, mais il semblait que l'inverse était en train de se produire, et la salle devenait de plus en plus tendue, et des hommes qui se connaissaient depuis des années agissaient désormais comme s'ils ne se connaissaient pas, ou, pire, commençaient à avoir de l'aversion l'un pour l'autre, s'en voulaient, et dans la violence d'un soulevé massif, à l'intérieur de cette violence, la bataille d'un homme poussant de toutes ses forces, seul, avec des dizaines de kilos sur le dos, ou à ses pieds, ou au-dessus de sa poitrine, il y avait plus de violence, et moins de prudence, et des blessures auto-infligées dues à des charges excessives qui menaçaient la posture devenaient visiblement de plus en plus communes.

Le type du ménage cumulait deux emplois et il arrivait quelques heures avant l'heure de fermeture. Il commençait par faire l'entrée, puis les bureaux à l'arrière, et il s'attaquait à l'espace principal de la salle une demi-heure avant qu'elle ferme, quand il n'y avait pas trop de monde. Mais les gens qui restaient étaient souvent des forcenés, irritables à chaque fin de leurs séries de sets, et Anders observa que le type du ménage faisait toujours des grands détours devant les postes encore en usage, passant la serpillière tout autour, laissant des îlots de sécheresse, et faisant profil bas, ce qui n'était pas difficile pour lui car c'était un petit gars, et Anders se surprit à penser à un oiseau perché à côté des lions, comme un vautour, non pas un vautour, peut-être un corbeau, appartenant à un autre élément, l'air, mais se nourrissant au même endroit que les prédateurs de la terre, sauf que cet oiseau-là ne savait pas voler, qu'il était exposé en cas de problème, et qu'il misait dangereusement sur le fait d'être ignoré.

À l'arrière de la salle, les vestiaires et les casiers et les douches restaient ouverts un peu plus tard, et un soir où Anders s'apprêtait à partir, deux hommes commencèrent à se disputer et ils allèrent régler ça dehors. C'étaient des gars plus âgés, mais grands, baraqués et forts et étonnamment vifs malgré leur ventre, et ils se mirent à se pousser l'un l'autre dans le parking. Quelques personnes se rassemblèrent tout autour mais ne dirent rien, c'est ce qui frappa Anders, elles ne dirent pas aux deux de s'arrêter, ne les encouragèrent pas non plus, mais restèrent silencieuses, se contentant de regarder, et ainsi les deux hommes se frappèrent, et c'était féroce, et au milieu des grognements et des va-et-vient s'éleva le bruit d'un poing frappant le côté d'un visage, le vrai craquement, le bruit sourd, liquide et os se brisant doucement au même moment, un son si viscéral, si dérangeant qu'il fit faire volte-face à Anders. Il partit,

partit sans voir ce qui était arrivé ensuite, si celui à la peau sombre était sorti victorieux ou si c'était le pâle. Anders ne voulait pas voir, et même sans voir, le son persista, et il ne cessait de lui revenir même lorsqu'il était allongé dans son lit ce soir-là, causant un spasme, ou une grimace, une réaction physique, Anders tressaillant seul, en écho.

*

Le lendemain soir Oona rejoignit Anders dans son lit et y resta jusqu'au matin, et le matin lorsqu'elle se réveilla il était endormi. Il y avait quelque chose de ridicule dans sa posture, un décalage entre son corps étiré et son visage fermé, son visage sérieux en plein rêve, comme s'il assistait à une réunion professionnelle, mais ses membres écartés étaient aussi libres que ceux d'un enfant, ou d'un adolescent, un mollet au-dessus du menton d'Oona, le dos d'une main contre son ventre, ses phalanges nues effleurant son nombril nu à l'endroit où son T-shirt était remonté, lui faisant prendre conscience de sa respiration, et elle la suivit, à travers ses narines, vers le bas, le touchant à cet endroit, se gonflant contre lui, l'enveloppant, puis se leva à nouveau, et lorsque enfin il ouvrit les yeux il aperçut en elle une expression qu'il n'avait jamais vue, une tendresse presque médusée, et cela le fit incliner la tête et sourire et attendre puis l'embrasser.

« À quel point tu as peur de la mort ? demanda-t-elle.

— Bonjour à toi aussi. »

Elle rit et se rapprocha de lui, enroulant une jambe autour de la sienne, et elle dit qu'elle pensait beaucoup à la mort, pas à la sienne, nécessairement, juste aux gens qui mouraient, mais tout de même à la sienne aussi, et il acquiesça. Il dit que lorsque sa mère était mourante il était certain qu'elle ne mourrait pas, certain jusqu'à ce qu'il ne le fût plus, et lorsque enfin il sut qu'elle était mourante, pas malade mais mourante, il vit combien elle avait la volonté de vivre, jusqu'à ce que la douleur la lui enlève ; elle voulait partir, ou ne voulait pas partir, mais avait besoin de partir, avait besoin de partir encore plus qu'elle ne voulait rester, et il n'était pas prêt à cela, à ce que sa mère ait besoin de partir, et c'était une chose terrible à voir.

Elle dit que son père était parti sans préavis, cela avait été grotesque, il n'y a pas d'autre mot, il était là, et soudain il ne l'était plus. Cela lui avait fait penser qu'il y avait une trappe en dessous de chacun d'entre nous, une trappe qui pouvait s'ouvrir à n'importe quel moment, comme si nous marchions sur un pont de cordes et de planches, ballottés loin au-dessus d'un canyon, et que certaines des planches étaient pourries. Vous pouviez faire un pas normal mais découvrir que vous aviez marché dans le néant, sans même entendre un déclic, et cette prise de conscience aurait dû vous inciter à être plus prudent, à marcher avec légèreté, mais ce n'était pas l'effet qu'elle avait fait à son frère ; il avait piétiné les planches, toujours plus fort, comme si cela ne le dérangeait pas de les briser, comme si une partie de lui voulait partir, peut-être comme la mère d'Anders avait voulu partir, mais sans la douleur, ou plutôt non, pas sans la douleur, mais sans ce genre de douleur, sans le cancer, juste avec le cœur brisé, puisque l'univers l'avait laissé tomber, et il lui avait montré que ce n'était pas le genre d'univers qu'il pouvait aimer, c'était un univers qui nous trahissait, nous tous. Il avait donc décidé de partir, ou pas décidé, ce n'était pas une décision, c'était une direction, un changement de direction, et elle l'avait vu très tôt, et elle avait essayé de ne pas le voir, essayé aussi de faire ce qu'elle pouvait pour le ramener, mais il était lancé, et il était impossible de l'arrêter, et il finit par faire ce qu'il fit, et partir quand il partit, tôt, car nous partons tous et qu'il en avait plus clairement conscience que les autres, et qu'il n'était pas assez impitoyable pour voir l'intérêt qu'il y avait à tenter de rester.

Ils parlèrent et se turent et parlèrent à nouveau, et dehors il y avait des nuages et le temps se faisait de plus en plus clair. Oona sentit un certain désir en elle, et en lui, et elle posa sa main sur son sternum, et ils s'observèrent l'un l'autre, une sorte de pâleur se mêlant à leurs réactions, une excitation ombragée par la grisaille, un sentiment en conflit avec un autre, et ce ne fut qu'au bout d'un moment après qu'Anders eut annoncé qu'il avait faim qu'il vint à l'esprit d'Oona qu'elle aussi.

Anders prépara le petit déjeuner et Oona prit plaisir à le regarder, la façon studieuse, organisée dont il s'y prenait, sortant tous les œufs, le sel, le beurre, les légumes, cochant manifestement une liste dans sa tête, très précis, et elle remarqua que lorsqu'elle lui parlait, il cessait ce qu'il faisait et l'écoutait, comme s'il ne pouvait pas faire deux choses à la fois, et peut-être ne pouvait-il effectivement pas faire deux choses à la fois, peut-être était-il programmé ainsi, car quand il lisait, il lisait avec une telle attention, et quand il cuisinait, il cuisinait avec une telle attention, et quand il parlait, ou embrassait, ou riait, il était si détendu, mais quand il travaillait, cela semblait lui demander un immense effort. Elle se demandait comment son esprit fonctionnait et ce que cela faisait d'être lui, et elle s'attendait presque à ce que les omelettes aient un goût différent, le goût de sa méthode, de son approche, le goût d'Anders, d'une certaine façon, comme son corps avait le goût d'Anders, mais ce ne fut pas le cas, ce n'étaient que des omelettes, et elles étaient plutôt bonnes.

*

Oona était au travail le soir où commencèrent les émeutes et sa classe était à moitié vide car celles-ci étaient prévisibles ; elles avaient d'ailleurs fait l'objet de rumeurs, voire de menaces, et les gens étaient donc restés chez eux. Mais quelque chose peut très bien être prévisible et tout de même choquant lorsqu'il se produit, et il y avait de la panique dans l'air lorsque Oona et ses collègues se hâtèrent de fermer la salle à double tour et de s'en aller. Une fois dans la rue ils l'entendirent au loin, le bruit de l'anarchie ou de la révolution, et Oona pouvait sentir une odeur de fumée. Une femme à la peau sombre et un homme à la peau claire la dépassèrent en courant, avec leurs deux enfants, possiblement coupés de leur voiture, et Oona se demanda si la femme avait toujours été basanée ou si elle avait changé. Oona n'avait pas vu les enfants assez nettement pour déterminer s'ils ressemblaient à la femme, s'ils auraient pu venir de cette femme, telle qu'elle était aujourd'hui, et tout cela se produisit en un instant, et alors Oona pensa à appeler, à dire que sa voiture était juste là, et qu'elle, Oona, pouvait les ramener, mais à ce stade il était trop tard. Ils avaient déjà tourné au coin de la rue et Oona dit « hé », le dit tout de même, pas fort, levant la main, une main qu'ils ne remarqueraient pas. Elle ignorait pourquoi elle le faisait, que ce soit pour les aider, ou pour être le genre de personne qui les aurait aidés, et l'une des collègues d'Oona lui dit, allez, allez, et la pressa d'avancer, et Oona monta dans sa voiture et partit.

Certains semblaient affluer vers le centre de la ville, d'où l'émeute se propageait, et d'autres se dirigeaient dans le sens inverse, mais aucun des deux groupes n'était très fourni, et il régnait partout une ambiance électrique. Oona remarqua que personne ne s'arrêtait aux panneaux STOP ni aux feux rouges et elle ne s'arrêta pas non plus, bien qu'elle ralentît et regardât des deux côtés. Elle s'attendait à entendre des sirènes de voitures de police et de camions de pompiers et d'ambulances, mais elle ne les entendit pas, et c'était étrange, elle n'entendait qu'une seule sirène, solitaire, lointaine, comme si tous les autres véhicules dotés de sirène étaient partis dans la mauvaise direction ou qu'ils avaient été piégés dans leurs allées et leurs parkings, ou incinérés, et une fois qu'elle n'entendit pas les sirènes, elle ne cessa de tendre l'oreille sur tout le trajet du retour, et le fait de ne pas les entendre empirait étrangement les choses, lui donnait l'impression que tout cela était hors du contrôle des êtres humains, de la société, un raz de marée qui surgirait et balaierait la ville, balaierait chaque quartier, peu importe ce que quiconque allait faire ou tenter.

Sa rue était calme. Paisible. Elle se gara et entra à l'intérieur, et l'espace d'une seconde ou deux ce fut comme si tout cela n'était que dans son imagination. Mais entre-temps elle avait sorti son téléphone et regardait ce qu'il montrait, et les gens filmaient ce qui était en train de se passer. Les images étaient celles d'un autre monde, ou au moins d'un autre pays, des images de feu et de bastonnades et de foules, des prises de vue tremblantes dans des mains excitées ou terrifiées, et les bruits étaient ceux de cris et de rugissements et de rires et de hurlements. Il était impossible d'y comprendre quoi que ce soit, ni même de savoir si cela se produisait là, aujourd'hui. Elle avait plusieurs appels manqués d'Anders, elle l'avait appelé sans succès depuis la salle, et il l'avait rappelée plusieurs fois, la dernière il y avait quelques minutes, et elle ignorait comment elle avait pu ne pas le remarquer, peut-être sa sonnerie était-elle en silencieux ou trop basse, mais elle l'appela à présent et il n'y eut ni sonnerie ni répondeur, la ligne était muette, recherchant une connexion, bien qu'elle eût une connexion, son réseau était au maximum. Pourtant son téléphone avait besoin de quelque retour technologique, était coincé dans des sortes de limbes, demandant avec insistance une réponse qui ne venait pas, une permission, un signe de ce qu'il devait faire ensuite, attendant, attendant, bien que l'attente fût déjà terminée.

Huit

L'année vit arriver sa première journée de froid mordant, et les arbres décidus étaient déjà presque dénudés. En cette nuit sans lune, seul chez lui, Anders avait l'impression de pouvoir sentir se réveiller les horreurs d'autrefois, sentir la sauvagerie quasiment oubliée sur laquelle cette ville fut fondée, et qui à présent se rassemblait dehors, poussant contre ses fenêtres en même temps que la brise.

Il se sentit soudain jaloux des militants et il se demanda, dans le cas où ils auraient bien voulu l'accepter, s'il aurait choisi d'être l'un d'entre eux. Une part de lui soupçonnait qu'il n'était pas tout à fait impossible qu'il ait fini par dire oui, et s'il avait encore été blanc peut-être aurait-il été dans les rues lui aussi, expirant dans ses mains un souffle pâle, droit dans ses bottes, ou du moins à l'abri des leurs, mais en l'occurrence le choix ne lui appartenait pas, et il était là, éprouvant moins de froid mais plus de peur.

La salle de sport avait été endommagée par le feu, pas gravement, juste un peu, et comme la plupart des dirigeants d'entreprise le chef d'Anders avait décidé de fermer pour un temps. Anders ne fut pas licencié mais il n'était pas tout à fait employé non plus, pas au sens où il recevait un salaire à ce moment-là, et il fut donc obligé de faire avec ses économies et ce que son père lui avait donné. Alors qu'il comptait son argent et rassemblait ses provisions ce soir-là, il songea soudain au type du ménage, s'il devait l'appeler ou non, et voir si tout allait bien, ou si c'était de la folie, si ce n'était pas son rôle, mais Anders n'avait pas son numéro et de toute façon il se rendit compte, surpris, qu'il ne connaissait même pas son nom. Oona lui envoya un message et ils discutèrent jusque tard dans la nuit, et ensuite Anders erra sur Internet. Il semblait qu'en ville les gens continuaient de changer, des Blancs dont la peau devenait sombre, et si les émeutes s'étaient réduites les militants se montraient de plus en plus agressifs. Des corps apparaissaient dans des champs, les analystes refusant de se mettre d'accord et débattant du nombre exact, étaient-ce deux cette fois ou trois ou six, mais personne ne soutenait qu'il n'y en avait eu aucun, et la rumeur disait que les corps étaient sombres, mais pas exclusivement, et parmi les corps sombres certains ne l'avaient pas toujours été.

Anders cessa de prendre ses distances avec son fusil. Il ne s'aventurait plus dehors et dormait avec l'arme posée par terre à côté de son lit ; il cuisinait avec elle dressée contre le mur entre le frigo et un tiroir, et pendant une période il l'emportait avec lui aux toilettes, et une fois qu'il trouva cela excessif, il la posa simplement sur la table à café devant son canapé, où il pouvait la voir, de sorte qu'avec la porte des toilettes ouverte, elle était présente malgré tout.

Si le fusil était censé procurer à Anders un sentiment de sécurité, il lui murmurait aussi une question discrète mais persistante, celle de savoir à quel point il tenait à vivre, et il ne pouvait nier entendre la question du fusil par ces après-midi interminables et ces fins de soirées où ondulaient les arbres. Il savait qu'il serait facile de se suicider, et c'était peut-être tout l'intérêt, le but était de le briser, de les briser tous, nous tous, oui, nous, comme il était étrange d'être plongé dans un tel nous, et Anders se demanda ce qu'il arrivait aux autres personnes de couleur, comment elles s'en sortaient, et si elles se suicidaient, vite avec des armes et lentement avec des verres et des pipes et des pilules, ou si elles tenaient bon. Il ne se considérait pas comme un homme particulièrement violent, ni adapté à son époque, et sa mère était partie, et son père le serait bientôt aussi, et avec eux les gens qu'il aurait le plus trahis en partant lui-même, et donc s'il restait ce ne serait pas pour eux, ce ne serait pas obligé d'être pour eux, mais pour lui. Pourtant chaque jour il restait bel et bien, las et tendu, certes, mais il restait, et il découvrit ainsi à quel point il voulait rester, que la pulsion de vie était chez lui plus forte qu'il ne l'aurait imaginé, imperméable à la précarité de sa condition, ainsi qu'à l'étrange enveloppe qui l'entourait. Peut-être était-ce l'acharnement, ou l'égoïsme, ou l'espoir, ou la peur, et peut-être était-ce le désir, le désir de continuer à être Anders, ou à être avec

Oona, surtout à être avec Oona, mais quoi que ce fût, c'était bien là, intense, et il s'habilla donc aussi chaudement qu'il le pouvait et continua à se nourrir, et il lut et il s'entraîna et il traversa dans sa peau brune ces journées solitaires en attendant de voir la suite.

*

Après les émeutes Oona se disputa avec sa mère, réprimanda sa mère, parla avec sa mère, cria, même, mais ne parvint pas à la convaincre, au mieux elle la déstabilisa et lui retira une partie du bonheur auquel elle s'accrochait. Lorsqu'elles se disputaient la mère d'Oona s'énervait, mais seulement brièvement, le plus souvent elle était déstabilisée, et alors Oona pouvait entrevoir la panique dans son regard, une panique profonde, durable, tel un océan, une panique qu'Oona reconnaissait car elle l'habitait elle aussi, et Oona ne prenait aucun plaisir à la découvrir chez sa mère, c'était d'ailleurs le contraire, elle voulait la dissimuler, l'esquiver, à cause de ce que cette panique révélait en elle-même. À de nombreux égards il était intolérable que sa mère pense et agisse comme elle le faisait, mais c'était aussi préférable, largement préférable, sans aucun doute, à la totale désolation que semblait offrir son alternative, qui constituait à s'effondrer et à ne plus croire en rien.

La mère d'Oona s'opposait à la notion que la violence était en train de se déployer, et déclara que s'il y avait de la violence c'était parce qu'il se trouvait des agresseurs payés dans l'autre camp, des saboteurs, et qu'ils essayaient de tuer à la fois nos défenseurs et notre peuple en général. Ils s'en prenaient même à leurs semblables pour nous donner une mauvaise image, et aussi parce que certains de leurs semblables nous soutenaient, et ils les tuaient pour cela. L'enjeu principal était la séparation. Ce n'était pas que nous étions meilleurs qu'eux, même si nous étions meilleurs qu'eux, comment pouvait-on le nier, mais nous avions besoin de nos propres espaces, où l'on pouvait s'occuper des nôtres, car notre peuple était en danger, et les gens basanés pouvaient avoir leurs propres espaces, et là ils pouvaient faire leurs choses de gens basanés, ou quoi que ce soit, et nous ne les empêcherions pas, mais nous ne participerions pas à notre propre éradication, il fallait que cela cesse, et il n'y avait désormais plus de temps à perdre, ils étaient en train de nous convertir, et de nous diminuer, et c'était un signe, un signe que si nous n'agissions pas à cet instant il n'en resterait aucun et nous ne serions plus là.

Oona ne pouvait pas nier que sa mère semblait effectivement aller mieux, que les changements en ville et partout dans le pays paraissaient, en un sens, bien lui aller, et Oona éprouvait le sentiment tenace que sa mère avait raison, non pas moralement, mais selon une dimension différente, que sa compréhension de la situation était plus profonde que celle d'Oona, comme si elle avait accès à quelque vérité mystique, à quelque terrible vérité mystique, une sorte de conjuration à laquelle Oona ne croyait pas mais qui opérait néanmoins. C'était comme si tous les fantômes revenaient, venaient dans chaque petite ville et dans chaque maison, venaient chez sa mère et la dédommageaient de sa perte, et dédommageaient les autres de leurs pertes, mais Oona ne se sentait pas dédommagée, elle se sentait encore plus démunie.

Après ces conversations-là le père d'Oona lui manquait, lui qui était si fiable, qui pouvait ramener quiconque à la raison, et elle était certaine qu'il aurait pu aider sa mère à présent, ou plutôt qu'avec lui sa mère n'en serait pas là, aucun d'entre eux ne le serait. Mais tandis qu'elle pensait à son père elle se demandait s'il aurait désapprouvé entièrement ce que racontait sa mère ; ce n'était pas un homme mauvais, pas du tout, mais ce n'était pas non plus un saint, et il avait effectivement certains réflexes liés à la couleur de peau des gens, qui à dire vrai étaient communs, surtout dans sa jeunesse, et la vie ne l'avait jamais poussé vers un quelconque extrême, il s'en était bien sorti, mais dans le cas contraire, qui sait ? En y songeant, la capacité qu'elle avait à le voir vacilla quelque peu, à voir qui il était, et pourtant il lui manquait, et son frère lui manquait, lui qui avait été le préféré de son père, à qui il avait tant manqué, voire trop, son frère qui pensait que son père marchait sur l'eau, son frère qui lui aurait dit à cet instant que tout allait bien se passer, qui disait toujours ça, et qui toujours se trompait, et pourtant le disait encore, qu'il le pense vraiment ou non, dérisoire et attachant, et déchirant. Peut-être que son frère avait raison de partir, avait eu raison de partir, de commencer à partir dès que son père était parti, peut-être que tous les deux avaient eu raison, les deux hommes de sa famille, peut-être qu'ils avaient vu ce qui arriverait et n'en voulaient pas, et Oona ne pouvait pas leur en vouloir, ne devait pas leur en vouloir. Mais elle leur en voulait tout de même, et il n'y avait aucun moyen de l'éviter, la balle était dans son camp.

*

Anders avait entendu que les militants avaient commencé à faire le ménage, à se débarrasser des gens de couleur, les chassant hors de la ville, et lorsqu'il vit des voitures s'arrêter devant chez lui il comprit ce que cela signifiait, bien que ce soit peut-être toujours une surprise lorsque ce qu'on attend, ce qu'on redoute, une calamité de cette ampleur, finit par se réaliser. Anders était donc à la fois préparé et non préparé, mais aussi préparé qu'il fût, il ne s'attendait pas à ce que l'un des trois hommes qui vinrent le chercher soit un homme qu'il connaissait, un homme dont il était familier. Cela rendait la chose bien plus grave, plus intime, comme vous faire taire en même temps qu'on vous étrangle, et Anders n'attendit pas qu'ils viennent à sa porte, Anders l'ouvrit lui-même et se tint dans l'encablure, son fusil entre les mains, une main sur la poignée et l'autre sous le fût, canon vers le haut, le fils comme un écho de son père à la chasse.

Anders espérait avoir l'air plus courageux qu'il ne se sentait. Si les trois hommes étaient eux-mêmes armés ils s'arrêtèrent en le voyant, à quelques pas de lui, et ils le scrutèrent avec mépris et fascination. Anders se dit que celui qu'il connaissait l'observait avec enthousiasme également, comme si c'était pour lui quelque chose de spécial, de personnel, et Anders pouvait voir à quel point ils se pensaient légitimes, à quel point ils étaient certains que lui, Anders, était en tort, que c'était lui le bandit dans l'histoire, essayant de les dépouiller, eux qui l'avaient déjà été et qui n'avaient plus rien, seulement leur blancheur, ce qu'elle valait, et ils ne le laisseraient pas la prendre, ni lui ni personne d'autre.

Mais le fait qu'il soit armé et qu'il se soit approprié une partie de l'initiative ne les enchantait pas particulièrement, ce rôle était le leur après tout, et ils ne s'attendaient pas à ce qu'il en fasse autant, et cela brouillait la simplicité de la situation, et donc ils s'arrêtèrent, et ils se firent face, sa connaissance, les deux étrangers et Anders, et Anders dit salut les gars, qu'est-ce que je peux faire pour vous.

Ils parlèrent et Anders écouta, et l'homme conclut en disant qu'il ferait mieux d'être parti quand ils reviendraient. Anders répondit qu'ils verraient bien, et en le disant Anders croyait presque qu'il allait rester. Il avait une certaine colère dans la voix, une colère qu'il était heureux d'avoir malgré leurs sourires méprisants, mais lorsqu'ils regagnèrent leurs voitures et qu'Anders perçut l'ampleur de son soulagement, un soulagement qui le submergea et le plongea dans la défaite, il sut qu'il serait parti, que, d'ici quelques minutes à peine, il aurait pris la fuite, et ce lieu, ce lieu si familier, ne lui appartiendrait plus, ne serait plus le sien.

Neuf

Lorsque Anders arriva chez son père celui-ci le fit entrer et ferma les rideaux en lambeaux, puis gara la voiture de son fils, la voiture qui était autrefois celle de sa femme, derrière la maison, dans l'étroite parcelle de terrain que sa femme appelait son jardin, où poussaient jadis des fleurs et des tomates et des pois mangetouts et du thym, mais qui n'était plus désormais qu'un lopin poussiéreux couvert de touffes de mauvaises herbes, des mauvaises herbes sèches et mortes à l'approche de l'hiver. Le père d'Anders vérifia que la voiture n'était pas visible depuis la rue, se déplaçant de manière raide et faiblarde, mais aussi avec détermination, et après cela, usé jusqu'à la corde, il s'assit à côté de son fils dans le salon, la télévision allumée et leurs armes à côté, et ils attendirent là que quelqu'un se pointe et exige qu'on leur remette Anders, mais personne ne se pointa, non, personne ne vint, du moins pas en cette première nuit.

Le père d'Anders n'était pas encore habitué à Anders, à l'apparence d'Anders, et en un sens il ne s'était jamais habitué à lui, pas même lorsque Anders était enfant, si longtemps silencieux, peinant à nouer ses lacets ou à écrire d'une écriture que les gens pourraient lire, car le père d'Anders, s'il n'était pas particulièrement bon élève, avait toujours été compétent, compétent dans les tâches qu'on lui assignait, et pas seulement à l'école, en dehors également, mais son fils, son fils était différent, une différence à laquelle la mère du garçon se fit naturellement, et ainsi le garçon devint son garçon à elle. Il y avait un mur entre eux, entre son fils et lui, et le père d'Anders pouvait comprendre les brutes qui s'en prenaient à son fils lorsque son fils était petit, et il pouvait comprendre ceux qui voulaient désormais le voir quitter la ville, qui avaient peur de lui, ou se sentaient menacés par l'homme de couleur que son garçon était devenu – et ils avaient raison de l'être, il aurait ressenti la même chose à leur place, cela ne lui plaisait pas plus qu'à eux, et il pouvait percevoir la fin que signalait son fils, la fin des choses, il n'était pas aveugle. Mais ils ne prendraient pas son fils, pas si facilement, pas à lui, le père du garçon. Peu importe ce qu'était Anders, peu importe ce qu'était sa peau, il était toujours le fils de son père, et le fils de sa mère, et il passait en premier, avant toute autre allégeance. Il était ce qui comptait réellement, et le père d'Anders était prêt à rendre justice à son fils, c'était un devoir qui lui importait plus que la vie, et il regrettait de ne pas avoir plus de vie en lui, mais il ferait ce qu'il pouvait avec le peu de vie qu'il avait.

Le lendemain matin il y eut une coupure de courant, et la maison était lugubre avec les volets tirés et les lumières éteintes. Mais il y avait tout de même assez de luminosité pour voir devant soi et le père d'Anders jugeait préférable de garder les bougies pour la tombée de la nuit, et ainsi ils firent avec, dans la pénombre, Anders parlant à Oona au téléphone, apprenant que le courant était coupé chez elle aussi, tous les deux discutant jusqu'à se rendre compte qu'ils n'avaient aucun moyen de recharger leurs portables. Ils avaient déjà utilisé une bonne partie de ce qui leur restait, réduit considérablement le pourcentage, et devaient s'arrêter, sur-le-champ, et peu après qu'ils eurent raccroché Anders découvrit qu'il n'avait plus de réseau, son père non plus, et Anders se demanda si le service avait été coupé intentionnellement ou si les batteries de secours des relais cellulaires avaient rendu l'âme.

Anders était seul, allongé sur son ancien lit d'enfant, un coussin sous la tête, encore plus seul sans accès au monde virtuel, ou s'il n'était pas littéralement plus seul, du moins se sentait-il plus seul, et, c'est vrai, les commentaires en ligne étaient déprimants, pas seulement en ville mais partout dans le pays, mais au moins c'était quelque chose, et maintenant on les lui avait enlevés, et le temps lui-même ralentit, se relâcha, comme si les minutes étaient fatiguées, qu'elles approchaient la ligne d'arrivée, et puis vers minuit le courant revint sans prévenir et son téléphone capta du réseau et le temps se rembobina et reprit son cours.

Les jours passèrent, et ils eurent beau entendre çà et là le crépitement des coups de feu, dont une nuit juste devant chez eux, ils n'y furent pas eux-mêmes confrontés. Anders aurait dû être soulagé d'avoir échappé aux militants, temporairement, mais s'il l'était, c'était un soulagement plein de tension, car en vivant à nouveau tout près de son père, il découvrit avec stupéfaction le degré de souffrance physique qu'il devait endurer, une souffrance que son père pouvait masquer quelques instants, mais pas le temps d'une soirée entière, pas des heures d'affilée. Anders la percevait dans le visage de son père et dans ses mouvements, et si son père essayait de l'épargner en se retirant souvent dans sa chambre, Anders entendait ses grognements étouffés et les jurons qu'il poussait à voix basse, la bataille que son père menait intérieurement, la bataille qu'il perdait, et ainsi Anders se sentait coupable de ne pas être un meilleur fils, d'avoir laissé un père à ce point esseulé, même s'il savait que son père n'aurait pas permis qu'il en fût autrement, et par le simple fait d'être là, Anders ôtait quelque chose à son père, ôtait sa dignité, et forçait son père à se laisser voir comme il ne voulait pas être vu.

*

S'il persistait en ville quelques débordements de violence sporadiques, les gens continuaient à changer, de plus en plus, sans que personne y puisse quoi que ce soit. Oona voyait l'effort que faisait sa mère pour maintenir son optimisme, sa détermination à affirmer que tout rentrerait dans l'ordre, qu'eux, le côté de sa mère, étaient en train de gagner, et alors que le doute commençait à naître chez sa mère, autre chose commençait à poindre chez Oona, pas tout à fait l'espoir, quelque chose de moindre que l'espoir, ou un préambule à l'espoir, c'est-à-dire une possibilité, une possibilité de quoi, elle l'ignorait, mais une possibilité qui n'était pas l'apathie, qui pourfendait l'apathie, et suggérait la vie.

Oona se connecta à ses réseaux sociaux, auxquels elle ne touchait pas d'habitude, et ignora la clameur. À la place elle remonta le temps jusqu'à l'été dernier, et à l'été d'avant, un été moins endeuillé, et à des étés encore plus éloignés, et elle sélectionna les photos où elle apparaissait la plus bronzée, la plus sombre, et souvent avec des cheveux remodelés par l'eau, par des piscines et des lacs ou par une plage, une chevelure plus abondante et plus sauvage. Elle se mit à jouer avec ces photos, à les assombrir encore, mais cela assombrissait tout, or elle ne voulait assombrir qu'elle-même, et elle trouva donc en ligne un moyen de faire exactement cela. Elle injecta ses photos dans l'algorithme et assista alors à sa propre transformation. Elle pouvait modifier non seulement sa couleur de peau mais tout ce qu'elle souhaitait ; parfois le résultat était étrange et parfois saisissant, beau même. Elle aimait que ce soit à la fois elle et pas elle, que ce soit un elle moins récent, un elle moins ébranlé, un elle plein de potentiel, un elle futur né d'un elle passé, esquivant totalement là où elle se trouvait à présent, n'étant pas empêtré là où elle se trouvait à présent, libre, et cela donna à Oona une idée, une idée dont elle n'arrivait pas à se débarrasser, une idée dont elle ne voulait pas se débarrasser, une idée qui l'amena à passer une commande, intriguée par ce qui pourrait advenir.

Oona et sa mère évitaient de sortir car les rues n'étaient pas sûres, pas même dans leur quartier, pas même pour ceux qui leur ressemblaient, car n'importe qui pouvait se retrouver mêlé à quelque chose, une partie de la violence était simplement du vol, ou des représailles, ou gratuite, et que les nouvelles soient exagérées ou non, aussi bien Oona que sa mère connaissaient directement des personnes concernées, des histoires que l'on ne pouvait pas ignorer, et elles restèrent donc chez elles.

Mais les livraisons continuaient et on pouvait recevoir une pizza ou de l'alcool ou des médicaments ou de la drogue, ou tout ce qu'on pouvait imaginer, juste devant sa porte, peut-être pas en quelques minutes mais à coup sûr en quelques heures. La livraison arriva, les livreurs travaillant toujours en binôme, l'un dans la voiture, vigilant, l'autre dehors pour sonner à la porte, armé, un pistolet sur la hanche, une casquette vissée sur la tête, des cheveux pâles qui en dépassaient. Oona l'appela depuis la fenêtre à l'étage et lui fit voir la couleur de son visage, laissa tomber une enveloppe avec un pourboire et le pria de déposer le sac à l'endroit où il se trouvait.

Il scruta la maison et ne réagit pas tout de suite. Oona recula et disparut de sa vue comme si l'affaire était réglée, mais la voiture ne bougea pas pendant une minute, une longue minute, puis elle démarra. Oona attendit qu'ils soient partis pour de bon et elle récupéra son colis, aussitôt sortie aussitôt rentrée, fermant à double tour, puis retourna dans sa chambre. Tout était là, tout ce pour quoi elle avait payé.

Oona appliqua le maquillage avec soin, peignant lentement son visage, effaçant et recommençant lorsqu'elle faisait une erreur. Elle sentait le liquide des tubes qui s'étalait jusqu'à devenir presque sec, jusqu'à être presque solide, et la poudre sur les pinceaux qui inversement se répandait comme un liquide. Elle observait son travail avec une immense concentration, créant ce qu'elle aurait peut-être été gênée de créer auparavant mais qu'il semblait désormais essentiel de révéler, et la femme noire qui émergeait, noire et radieuse, il n'y avait pas d'autre mot, radieuse, cette femme était une absurdité, un affront, et captivante. Oona n'avait pas prévu de conserver ce visage, ce visage qu'elle avait fabriqué, elle ne voulait que le voir, qu'escalader la paroi du canyon, et non pas s'attarder sur le bord, mais elle ne put résister à l'arborer un moment, à l'emporter en bas des escaliers et jusqu'au dîner.

La mère d'Oona fut stupéfaite puis réagit avec rudesse, disant tu devrais avoir honte de toi, et quand Oona dit j'ai honte de moi sa mère dit oh non, mais tu devrais, et Oona dit mais c'est le cas, et alors elles cessèrent de parler et mangèrent en silence. Soudain Oona s'aperçut, à mesure que le silence devenait plus pesant, qu'elle avait pensé que cette situation lui plairait ; elle avait pensé qu'elle en tirerait une forme de victoire, mais elle ne lui plaisait pas, évidemment qu'elle ne lui plaisait pas. Il n'y avait là aucune victoire pour elle, il n'y avait que la défaite, la défaite pour toutes les deux, et aucune des deux ne pouvait gagner, ou du moins elle, Oona, ne pouvait pas gagner, car dans sa victoire se trouvait une défaite qui rendait la victoire impossible. Elle monta ensuite dans sa chambre et essaya de voir à nouveau ce qui l'avait excitée dans le visage qu'elle avait créé, le visage qu'elle avait créé par-dessus celui que sa mère avait créé, sa mère et son père, mais elle ne parvint pas à le voir, et le démaquillage fut lent et brouillon, plus brouillon que d'habitude, car elle n'avait jamais été du genre à utiliser beaucoup de maquillage ; elle ne maîtrisait pas cet art, et le sédiment marron qui quittait sa peau et se dirigeait vers la poubelle et coulait dans le lavabo ressemblait à la mort d'une rivière, à la stérilisation d'une rivière dans un laboratoire.

Dix

En ligne vous pouviez vous faire votre propre opinion sur les événements. Elle était vraisemblablement différente de celle d'un autre et il n'y avait pas de réel moyen de déterminer lequel des deux avait raison, et la frontière entre ce qui était dans votre esprit et ce qui se trouvait dans le monde extérieur était floue, si floue qu'il n'y avait presque plus de barrière du tout.

Pour Anders les images qui restaient le plus étaient celles de deux hommes en ville, deux hommes à la peau sombre se rencontrant non loin de l'appartement d'Anders, l'appartement qu'il avait fui. Il semblait qu'ils se connaissaient mais c'était dur à dire, car ils s'approchèrent d'abord comme si c'était le cas mais lorsqu'ils furent l'un en face de l'autre on aurait dit le contraire. Leurs propos étaient inaudibles, les seuls bruits venaient de l'homme qui les filmait, à l'intérieur de sa maison, qui les filmait dehors dans la rue, à une certaine distance, ses motivations restant floues. Sans prévenir, l'un des deux hommes de couleur se baissa tel un boxeur esquivant un coup, mais sans cette grâce-là, cette maîtrise, assez maladroitement, et alors qu'il se baissait, l'autre sortit un revolver, et tandis que le premier se relevait, l'autre lui tira tranquillement dans la tête, tranquillement, et alors il se baissa à nouveau, mais cette fois il ne se baissait pas, il tombait, et les mots dans la vidéo, oh merde oh merde, pas loin d'être prononcés avec enthousiasme, suggéraient que c'était partiellement amusant. Alors le tireur s'éloigna tandis que l'autre homme restait allongé là sans bouger, et la vidéo continuait pendant une bonne minute encore, et il ne bougeait pas, ou s'il bougeait, ce n'était pas suffisamment pour être visible. Anders ne pouvait cesser de se demander s'il connaissait l'un des deux, non pas qu'ils soient reconnaissables, ils ne l'étaient pas, pas pour Anders, mais l'un d'entre eux, ou tous les deux, auraient pu avoir changé, et il y avait quelque chose en eux qui semblait familier, leur façon de se tenir, peut-être, ou alors l'un d'eux ressemblait à Anders à présent, presque comme s'il pouvait être un frère d'Anders, de ce qu'Anders était devenu. Anders n'avait jamais eu de frères et sœurs et c'était donc un sentiment étrange, le sentiment que le tireur était en famille avec lui, mais comment ils étaient en famille, Anders n'aurait pas su le dire.

Il y avait eu d'autres meurtres en ville saisis sur caméra mais ce meurtre-là fascinait, et les gens le commentaient ; le meurtre lui-même était au centre d'une bagarre virtuelle, une bagarre au sujet de sa signification, de ce qu'il s'était passé, de ce que cela signifiait, et Anders l'ignorait mais cela semblait signifier quelque chose. Il regarda encore et encore, et il ne quitta pas la maison de son père, ne serait-ce qu'un instant.

Oona avait vu cette même vidéo lorsqu'elle avait fait surface quelques semaines plus tôt mais celle-ci s'était rapidement effacée de son imagination. À la place elle remarquait les différentes façons dont la vie en ville retournait à la normale, ou si elle ne retournait pas à la normale, du moins cessait-elle de devenir de plus en plus anormale, avec de plus en plus de gens qui changeaient – c'était devenu banal. Il semblait que la moitié de ses contacts en ligne avaient changé et qu'il y avait moins de violence dans les rues, moins de violence aux nouvelles, et une ou deux personnes qu'elle connaissait, les plus téméraires parmi ses relations, commençaient à sortir à nouveau, à aller faire des tours en voiture, voir ce qu'il se passait, au moins en journée, filmant depuis leur volant ou le siège passager. Oona, en les voyant, commençait à éprouver le désir de sortir elle-même, pas tout à fait encore, peut-être pas tout à fait encore, mais si les choses continuaient ainsi, alors bientôt.

*

Bien qu'à ce stade plusieurs d'entre eux aient certainement changé de couleur comme lui, Anders se demandait tout de même s'il pouvait faire confiance à ses voisins. Ce n'étaient pas des inconnus pour lui, la plupart étaient ses voisins depuis toujours, mais peut-être que lui était un inconnu pour eux, foncé comme il l'était, et pas un Anders envers qui ils avaient la moindre loyauté, pas un Anders qu'ils considéraient comme Anders. Il était mal à l'aise de savoir sa voiture garée derrière la maison, où les voisins pouvaient l'observer, mais un ancien véhicule n'était pas une preuve irréfutable, pas de lui, pas en soi, certainement pas si l'on n'avait aucune autre raison d'avoir des soupçons, et il aurait été encore moins à l'aise d'avoir garé la voiture ailleurs. Cela offrait après tout une sorte de liberté, une option de fuite. En arrivant Anders avait demandé à son père son avis sur la question, si les voisins pourraient comprendre et le dénoncer, mais son père avait refusé de répondre, ou peut-être avait-il répondu, tout bien réfléchi, car plus tard ce jour-là il avait dit tu ferais mieux d'éviter les fenêtres, et c'était probablement son avis sur la question, et Anders, eh bien, Anders n'avait pas insisté.

Le fait d'être coincé à l'intérieur laissait des traces et bien qu'il fît froid dehors, certains jours il y avait un soleil de plomb, un soleil d'hiver net et éclatant, du genre à vous aveugler si vos yeux étaient nus et qu'il y avait de la neige sur le sol. Avec les rideaux fermés Anders ne pouvait en voir que des fragments, des éclats de lumière et des aperçus verticalement découpés du monde extérieur, des bandes étroites, des aperçus de la forme des barreaux d'une cellule, et il se sentait emprisonné, doublement, triplement emprisonné, dans sa peau, dans cette maison, dans sa ville.

Il dit à Oona de ne pas venir mais elle finit par venir quand même, arguant que les choses s'amélioraient, et les gens s'adaptaient à présent, et ces militants qui restaient ne l'embêteraient pas, bien qu'elle ne fût pas certaine de ce dernier point. Anders éprouva plus que du soulagement lorsque Oona vint lui rendre visite – « soulagement » était un terme trop faible. Le père d'Anders accueillit Oona et lui parla une minute avant de se retirer dans sa chambre, et Oona fut soulagée elle aussi d'être enfin venue. Il y avait aussi quelque chose de juvénile dans la situation, comme s'ils étaient à nouveau des gamins à l'école. À ce stade Anders n'avait plus de beuh, et de toute façon il ne fumait jamais quand son père était là, son père étant catégoriquement opposé à l'herbe bien qu'il n'eût aucun problème avec le tabac, que son père consommait en de copieuses quantités, ses mégots soigneusement évidés dans les cendriers, l'odeur imprégnant chaque tissu de la maison. Oona avait toujours un fournisseur d'herbe, l'une de ses sources s'était évaporée mais elle en avait une autre, et elle en aurait apporté si Anders ne l'avait pas interdit, car sortir en douce pour fumer, comme il l'avait fait dans son adolescence, était désormais trop risqué pour être envisagé, et sans herbe ils discutèrent et écoutèrent de la musique sur le canapé. La première fois qu'ils s'embrassèrent dans la maison, le père d'Anders, en se dirigeant vers la cuisine, les aperçut et détourna aussitôt le regard. Oona se dit qu'il se montrait courtois mais Anders y vit autre chose, il vit le malaise sur le visage de son père, le malaise de voir cette fille blanche embrasser cet homme basané, même si l'homme basané n'en était pas un, même si l'homme basané était Anders. Anders se dit qu'il se trompait même s'il savait qu'il ne se trompait pas, son père n'était pas quelqu'un de discret, mais il fit de son mieux pour ne pas le montrer, pour ne pas révéler à son fils que celui-ci était quoi que ce soit d'autre qu'Anders, qu'il était moins qu'Anders, et Anders s'en tint au fait que son père faisait de son mieux – il était bien obligé de s'en contenter.

*

La mère d'Oona ne pouvait s'empêcher de remarquer les visages foncés dans sa rue, chaque jour plus nombreux, semblait-il, qui certes ne déambulaient pas dans le quartier, pas à ce point audacieux, pas encore, mais jouaient brièvement sur leur pelouse lorsque la leur était saupoudrée de neige et sortaient aux premières heures du matin pour déneiger leurs allées. L'un d'entre eux fit même bonjour de la main à la mère d'Oona lorsque leurs regards se croisèrent, comme si tout était parfaitement naturel et que rien n'avait changé, mais rien n'était naturel et tout avait changé, même si personne ne semblait capable de le voir à part elle.

La chaîne de télévision qu'elle regardait le plus avait disparu des antennes avant de faire son retour, et désormais des présentateurs de couleur étaient mélangés avec les présentateurs blancs. Ils étaient mal à l'aise les uns vis-à-vis des autres, mal à l'aise et empruntés, et ils plaisantaient alors même qu'ils parlaient de situations difficiles. L'une de ses personnalités préférées à la radio avait changé de couleur, et changé de cerveau semblait-il également ; ce qu'il disait à présent ne voulait plus rien dire, comme si c'était un imposteur, un charlatan, et la mère d'Oona ne supportait plus de l'écouter.

En ligne les conversations s'étaient orientées vers la recherche d'un traitement, et tandis que certains essayaient de s'isoler, de trouver des endroits indemnes, convaincus que le fléau était contagieux, évoquant des îles et des collines et des forêts lointaines, la mère d'Oona ne pouvait pas partir, et la plupart des autres ne le pouvaient pas non plus. Ainsi la rumeur générale tournait-elle autour des progrès dans la découverte d'un moyen de rendre réversible cette atrocité, mais pour chaque histoire de remède ou de potion miracle qui vous faisait redevenir blanc il y en avait trois ou quatre autres de quelqu'un qui était tombé terriblement malade en l'ingérant, voire qui en était mort, et la mère d'Oona perdait espoir.

Un soir une puissante explosion retentit en ville et l'onde de choc traversa la maison de plein fouet, ébranla les fenêtres, et même plus que cela, testa les fenêtres, semblait-il, testa leurs limites, et la traversa elle-même aussi, traversa ses organes. Après un instant de peur la mère d'Oona ressentit une légère excitation, sentit que quelque chose était en train de se produire, quelque chose de majeur, peut-être le vent était-il en train de tourner, peut-être de vrais héros étaient-ils enfin arrivés, mais alors Oona entra dans sa chambre et dit waouh, tu as entendu ça, et la mère d'Oona dit oui, j'ai entendu, et Oona dit c'est une sacrée tempête, et remonta les stores, et la mère d'Oona vit les éclairs et le grésil qui tombait et les arbres nus, illuminés par la foudre, et elle entendit le tonnerre, qui n'était plus si fort, et elle se mit à pleurer.

Oona rejoignit sa mère dans son lit, comme elle ne l'avait pas fait depuis des semaines, voire depuis toujours, et elle la serra, et la berça, comme un petit enfant enlaçant un parent adulte, telle était la différence de taille, mais pas comme cela non plus, plutôt l'inverse, un enfant géant enlaçant un parent minuscule, s'étant vus renaître dans une autre vie, dans le sens inverse, une vie où aucune des anciennes règles n'était encore en vigueur.

Onze

Le père d'Anders ne quittait plus que rarement sa chambre à coucher, où il régnait une odeur qu'il pouvait déceler dans le visage d'Anders lorsque son fils entrait, et qu'il pouvait même parfois sentir lui-même, ce qui était étrange, comme un poisson sentant qu'il est humide. C'était l'odeur de la mort, dont le père d'Anders savait qu'elle était proche, ce qui lui faisait peur, mais il n'était pas totalement effrayé d'avoir peur, non, il avait vécu avec la peur pendant longtemps, et il ne s'était pas laissé dominer par elle, pas encore, et il essayerait de continuer, de continuer à ne pas se laisser dominer par la peur. Souvent il n'avait pas l'énergie de réfléchir, mais lorsque c'était le cas, il songeait à ce qui faisait qu'une mort était une bonne mort. Il avait le sentiment qu'une bonne mort serait une mort qui n'effrayerait pas son garçon, que le devoir d'un père n'était pas d'éviter de mourir devant son fils, cela un père ne pouvait pas le contrôler, mais plutôt que si un père devait effectivement mourir devant son fils, il devait le faire du mieux qu'il le pouvait, le faire d'une façon qui laissait quelque chose à son fils, qui laissait à son fils la force de vivre, et la force de savoir qu'un jour il pourrait lui aussi mourir convenablement, comme son père l'avait fait. Ainsi le père d'Anders s'efforçait de faire de son dernier voyage un don, un acte de paternité ; ce ne serait pas facile, ce n'était pas facile, c'était presque impossible, mais c'est ce qu'il se mit en tête, tant qu'il avait encore toute sa tête, de tenter d'accomplir.

La douleur avait atteint des proportions où il ne restait parfois plus rien d'autre, des heures longues comme des années où il n'y avait personne, pas de père d'Anders, seulement la douleur, mais alors la douleur s'estompait un instant et il y avait à nouveau quelqu'un, et lorsqu'il était à nouveau quelqu'un, le père d'Anders arrivait à regarder son fils changé dans les yeux et lui faire un signe de la tête, et laisser le garçon lui prendre la main, et écouter les mots doux et parcimonieux du garçon, remarquablement similaires aux mots que sa femme, la mère du garçon, utilisait elle-même autrefois, puis, lorsqu'il était temps, faire un signe de la tête en direction de la porte afin que le garçon puisse se retirer tandis que la douleur revenait s'emparer de son père.

Après des semaines à s'y cacher, Anders s'aventura enfin hors de la maison de son père, s'aventura pour dégoter des médicaments qui atténueraient un tant soit peu l'agonie de son père. Il avait entendu parler de l'employé d'un hospice connu pour ses pratiques douteuses et l'avait appelé. L'homme qui décrocha répondit qu'Anders devrait venir en personne s'il voulait parler, et sa voix sonnait si blanche qu'Anders ne s'avisa pas de révéler sa propre couleur. Anders mit son fusil dans sa voiture, rassembla tout son courage et se rendit à l'hospice. Personne ne le dérangea sur la route, et l'homme qui sonnait blanc s'avéra noir ; Anders se dit qu'il n'avait pas l'apparence de sa voix et songea alors, qui sait, peut-être pense-t-il la même chose de moi.

Anders expliqua sa situation et il était difficile de savoir si l'homme le croyait ou non, mais il conseilla Anders sur ce dont il avait besoin, et Anders paya en liquide, et il n'y eut bien sûr aucune ordonnance ni aucune tentative de faire croire qu'il y en avait une. Il y eut juste un sac en papier marron qui rappela à Anders le souvenir de lui petit garçon, le jour où son père l'emmena avec lui au travail et qu'ils s'assirent au milieu de tous ces hommes forts sur le chantier. Les hommes respectaient son père, cela se voyait à leur manière d'agir, et Anders s'était senti fier en s'asseyant avec eux, un garçon parmi les hommes, et ils avaient ouvert leur sac et déjeuné ensemble comme des pairs.

En rentrant chez son père, muni des antidouleurs, les deux mains sur le volant, Anders remarqua combien il y avait de visages de couleur, et comme la ville était différente à présent, une ville dans un lieu différent, un pays différent, avec toutes ces personnes noires qui se baladaient, plus de personnes basanées que de personnes blanches. Cela mettait Anders mal à l'aise même si lui-même avait aussi la peau sombre, mais il était rassuré de constater que certains des magasins avaient rouvert et que les feux de circulation fonctionnaient pour la plupart. Il dépassa même une ambulance qui avançait normalement, sans une sirène qui hurlait, faisant simplement le trajet d'un endroit à un autre par une journée normale, sans se presser, n'était-ce pas incroyable, et lorsqu'il arriva chez lui il alla voir son père et lui donna les médicaments, et alors Anders passa de chambre en chambre et ouvrit grand les rideaux.

*

Les soirées étaient toujours plus angoissantes que les journées. Le premier soir où Anders sortit depuis des mois, il était tard, très tard, après que Oona l'eut appelé pour lui demander de venir chez elle. Il était sur le point de lui dire qu'elle ferait mieux de venir elle-même car il n'aimait pas l'idée de laisser son père seul, mais il n'aimait pas non plus l'idée qu'Oona conduise seule à cette heure-ci : les choses n'étaient pas encore d'un calme certain et des actes de violence gratuite continuaient de se produire. Il aurait sûrement dû dire voyons-nous demain, mais il y avait quelque chose dans sa façon de parler, quelque chose d'engageant, d'ouvert, et en l'entendant il réalisa à quel point il désespérait de sortir, de la voir ailleurs, en vérité de voir sa maison, qu'il n'avait vue qu'une seule fois auparavant, lorsqu'ils étaient enfants. Anders y était allé avec quelques types pour traîner avec le frère d'Oona, l'un de ces types, apprit plus tard Anders, étant le petit ami du frère d'Oona à l'époque. Désormais Anders était plus ou moins le petit ami d'Oona, et il voulait se trouver dans la maison d'Oona avec Oona, et lorsqu'elle le pressa de répondre et dit alors, en étirant le mot, comme s'il y avait un ressort au milieu, un alors tellement long dans la façon qu'elle eut de le dire, Anders dit oui et se mit aussitôt en chemin.

Il faisait un froid mordant ce soir-là et il n'y avait aucun nuage. La lune était partie, cela avait été le plus tranchant des croissants de lune avant cela, la plus fine des déchirures dans l'encre du ciel, et cette lune tranchante avait émis peu de lumière. À présent elle était ailleurs, sous l'horizon, et la nuit était noire, d'un noir profond, durable. Beaucoup des lampadaires étaient hors d'usage et l'atmosphère paraissait aux yeux d'Anders, qui conduisait sa voiture, différente de celle qu'il avait connue pendant la journée ; elle semblait en suspens, la menace pas entièrement disparue, comme s'il restait à la ville quelque compte à régler, et tout cela ne serait pas terminé avant que ce règlement soit fait. Alors Anders se donna l'ordre d'arrêter, d'arrêter de s'agiter, il se dit de se détendre, ou non pas de se détendre mais d'être calme, de garder les idées claires et de regarder la route, et il poursuivit le trajet et rien ne se passa et soudain il était arrivé.

Oona sortit le chercher et elle chuchotait donc il chuchota lui aussi. Elle dit que sa mère dormait et ensuite elle l'embrassa, un bon baiser franc de toute la longueur de son corps, et ils entrèrent sans faire de bruit. Elle le conduisit en haut des escaliers, désignant l'une des marches en remuant la tête afin qu'il ne mette pas tout son poids dessus, et alors ils étaient dans sa chambre. Il entendit un gloussement mais elle sourit comme pour ne pas qu'il s'inquiète et murmura, c'est juste comme ça qu'elle dort, en parlant de sa mère, et Oona ferma la porte. Il y avait quelque chose dans le fait d'être dans sa chambre d'enfant, sa chambre qui était encore en partie enfantine, avec sa mère non loin de là, qui rendait Oona excitée, et Anders aussi, et peut-être la vague inquiétude qu'il avait eue sur le trajet y contribuait-elle, mais ils étaient excités l'un par l'autre et Anders la déshabilla et elle le déshabilla et ils firent l'amour dans son petit lit sans faire attention à grand-chose d'autre avant d'avoir terminé.

Mais après coup Oona regarda vers la porte et son expression changea. Anders regarda lui aussi : la porte était ouverte et dans l'encadrement se trouvait la mère d'Oona. Anders la reconnut mais elle ne reconnut pas Anders, et pendant une seconde Anders pensa qu'elle allait crier, mais elle ne cria pas, à la place elle courut, ou si elle ne courut pas elle se souleva, elle se souleva hors de l'encadrement et le long du couloir en direction de la salle de bains. Avant d'y arriver son estomac se souleva lui aussi et elle ne put le contrôler ; elle se plia en deux et vomit sur le tapis, se soulevant par à-coups avec les yeux humides et le nez humide jusqu'à ce que son estomac fût vide et même après. Oona se tenait à côté d'elle, enveloppée dans un peignoir, furieuse et rassurante, visiblement les deux à la fois, mais plus furieuse que rassurante, et Oona ne se pencha pas pour aider sa mère, elle se tint seulement là, et l'homme de couleur qu'était Anders était déjà en train de partir, se dirigeait vers sa voiture, et le bruit du démarrage se fit entendre depuis la rue, et alors Anders, l'odeur d'Oona toujours sur lui, était en chemin, était parti.

*

Le changement d'Oona se fit sans douleur. S'il y eut effectivement une part de surprise, Oona savait qu'il était imminent et s'étonnait déjà quelque peu qu'il prît autant de temps. Ainsi elle resta dans son lit à tout absorber, avec son cœur qui battait vite mais sans paniquer, regardant son bras, touchant sa peau, palpant son ventre et ses jambes, puis utilisant son corps pour se lever, et son corps fonctionnait comme il le faisait auparavant, son équilibre ne donnait pas l'impression d'être altéré, ni ses proportions d'être différentes, bien qu'en un sens elle se sentît plus légère, plus dense dans sa pigmentation, bien sûr, mais aussi plus légère, moins pesante, mais pas plus mince, le poids s'échappant non pas de sa chair mais d'autre chose, d'un autre endroit, un poids qui provenait de l'extérieur, d'au-dessus d'elle peut-être, qu'elle avait porté depuis si longtemps sans être consciente qu'elle le portait, et à présent il était parti, comme si la masse de la planète avait changé subtilement et que les gens avaient une plus faible gravité à supporter.

Oona alla vers le miroir et vit une étrangère mais celle-ci ne resta pas étrangère bien longtemps. Elle était sublime, avec cette bouche, ces yeux, puis elle devint une étrangère qu'Oona avait rencontrée, une étrangère à présent familière, qu'Oona salua d'un regard soutenu et qui lui adressait un regard soutenu en retour, jusqu'à ce que toutes deux décochent le plus petit sourire qui soit, Oona et cette femme de couleur ensemble, cette femme de couleur qui était jusqu'à si récemment une étrangère et qui était également Oona, indéniablement Oona.

Oona ignorait d'où il venait mais un sentiment de nostalgie la gagna alors, une tristesse due à la perte de quelque chose. Peut-être était-ce son attachement à l'ancienne Oona qu'elle déplorait, au visage qu'elle avait connu et à la personne qu'elle avait été, la personne à l'intérieur de qui elle avait vécu et dont elle avait eu l'apparence, ou si ce n'était pas cela, alors peut-être était-ce un attachement à certains souvenirs qu'elle avait invoqués à l'intérieur d'elle-même, à des souvenirs dont elle se demandait présentement si elle continuerait de les invoquer, un attachement à une personne connectée à cette personne qui avait un jour été une petite fille, et qui n'avait pas encore perdu son père et son frère, et qui n'avait pas encore eu à lutter pour éviter de perdre sa mère. Mais évidemment les personnes qu'elle avait été autrefois avaient elles-mêmes une apparence différente, différente de celle qu'Oona affichait la veille encore ; elle avait changé avant d'avoir changé, elle avait changé à chaque décennie et chaque année et chaque jour, et elle se dit donc qu'il n'y avait aucune raison qu'elle perde ses souvenirs, ceux qu'elle souhaitait conserver.

Et en tous les cas la nostalgie était fugace, du moins l'était-elle en ce matin-là, car la légèreté était plus forte que la nostalgie, l'impression qu'elle s'échappait d'une prison dont elle avait voulu s'évader, car sa vie était devenue tendue, et depuis si longtemps il n'y avait eu aucune porte de sortie, il y avait eu ce sentiment, le sentiment qu'il n'y avait pas de porte de sortie, mais désormais il semblait qu'il y en avait une, qu'elle pourrait perdre sa peau comme un serpent perd la sienne, sans violence, sans même avoir froid, mais plutôt en abandonnant le confinement du passé et, ainsi libérée, recommencer à grandir.

TROISIÈME PARTIE

Douze

Lorsque la mère d'Oona la vit elle sut que c'était elle, et la mère d'Oona s'assit sur le canapé et ne parla pas, et alors Oona dit, mère, et sa mère baissa les yeux, regardant toujours Oona mais plus précisément les jambes d'Oona, le jean que portait sa fille, un jean qu'Oona avait depuis longtemps, puis les chaussures de course d'Oona, des chaussures colorées qu'Oona avait achetées l'automne précédent, et non pas le visage d'Oona, le visage de sa fille qui était tout nouveau. Oona dit, je suis désolée, et pourquoi Oona dit cela elle l'ignorait, et sa mère fut silencieuse un moment, et un autre moment encore, mais alors sa mère dit, on devrait peut-être prendre le petit déjeuner. Oona l'entendit comme la meilleure chose parmi toutes celles que sa mère aurait pu dire

– ou si elle ne le perçut pas ainsi, elle se força à le percevoir ainsi, et Oona sourit et acquiesça et dit, oui c'est parti.

Dans la cuisine Oona s'activa avec les assiettes et le four et le frigo et un couteau. Il était difficile de se procurer des fruits mais elles avaient des betteraves d'un violet vif qui étaient fraîches et Oona les éplucha et les coupa en dés avec des pommes de terre, et mit le tout à bouillir avant de les faire revenir dans une poêle avec des oignons et quatre œufs. Lorsqu'elle eut terminé, leur petit déjeuner était savoureux et coloré et possédait ce goût sucré que sa mère appréciait, et même si ce n'était pas grand-chose, ce n'était pas banal pour autant.

La mère d'Oona regardait son repas en mangeant et ne parlait pas vraiment, mais elle dit, c'est bon, et c'était déjà beaucoup pour Oona. À un moment Oona aperçut son propre reflet dans une cuillère de service qu'elle n'avait pas utilisée, un reflet incurvé et déformé et terne, mais remarquable par son teint mat, remarquable par la tête mate trop petite comprimée dans la concavité, plus mate étrangement que la main qui la tenait par le manche, et avec cette cuillère immaculée Oona racla ce qu'il restait de nourriture dans la poêle et le reflet disparut et la cuillère redevint une cuillère et non plus quelque miroir de foire.

La mère d'Oona était assise là et mangeait lentement son petit déjeuner, bouchée par bouchée. Elle n'arrêtait pas de mâcher et d'avaler, même si sa bouche s'asséchait et sa mâchoire fatiguait et la déglutition devenait de plus en plus dure à effectuer. Elle savait qu'il devait être difficile pour Oona, tellement difficile pour sa pauvre fille, autrefois si belle, d'être à présent comme ça, de ressembler à ça, à ça, de voir qu'on lui avait tout pris. Elle, la mère d'Oona, était bien sûr quelqu'un de bien, vraiment, de bien, et elle voulait apporter tout son soutien à sa fille ; elle faisait de son mieux pour tout garder à l'intérieur et pour rester à cette table, mais c'était un combat, un combat impossible, et lorsque sa volonté l'abandonna elle s'arrêta, s'arrêta de manger, s'arrêta même de mâcher, et laissa le peu qu'il restait dans son assiette. Elle poussa sa chaise en arrière, se leva et monta les escaliers jusqu'à sa chambre et cracha dans le lavabo le résidu pâteux qui était toujours dans sa bouche et ouvrit le robinet et le fit couler, poussant la substance à travers les petits trous de l'évier quand elle se coinçait, et elle se dit dans son esprit, tu peux le faire, mais dans l'immédiat elle ne pouvait pas le faire, et elle ferma la porte de sa chambre et n'en ressortit pas de la matinée.

Oona attendait que sa mère revînt bien qu'elle sût que sa mère ne reviendrait pas. Son attente était telle une veillée, sauf que les veillées ont une durée, elles ne s'étendent pas indéfiniment. Au bout d'un moment Oona se leva et débarrassa la table et nettoya la cuisine et lava la vaisselle et la récura jusqu'à ce qu'elle soit propre. Ses doigts étaient ridés lorsqu'elle eut terminé et ils n'avaient pas l'air drainés de tout leur sang, comme c'était généralement le cas après la vaisselle, vidés de l'intérieur ; ils avaient l'air gris, comme si de la craie avait été saupoudrée par-dessus, ou si du sel avait émergé d'un sol gorgé d'eau, et Oona prit de la crème et elle frotta ses doigts encore et encore, les frotta encore et encore jusqu'à ce qu'ils soient tendres et éclatants à nouveau, d'un brun riche à la vitalité retrouvée.

*

Oona arriva devant la maison du père d'Anders et Anders sortit la chercher. Oona leva les bras à moitié, paumes vers le haut, comme pour dire, voilà, c'est moi, et Anders la fixa du regard, et dit, waouh, et il secoua la tête, et alors elle l'embrassa et le baiser semblait différent car ses lèvres semblaient différentes, ou alors ses lèvres à lui semblaient différentes sur ses lèvres différentes à elle. Elle s'excusa pour ce qu'il s'était passé et il fit une moue de la bouche et lâcha un petit merci, et elle vit la tristesse dans ses yeux et elle comprit qu'il ne pensait pas qu'elle s'excusait pour sa mère, pour le comportement de sa mère l'autre soir, ce qui était le cas, mais plutôt qu'elle témoignait son empathie au sujet de son père. Lorsqu'elle entra et constata la gravité de son état, elle comprit qu'elle était arrivée à la toute fin de la période de sa vie où Anders était le fils d'un parent et qu'à ce stade rien d'autre n'avait vraiment d'importance à ses yeux.

Oona tenait la main d'Anders, et avec son autre main Anders tenait celle de son père, et alors qu'ils étaient assis et allongé là, les trois reliés en une sorte de chaîne, Oona aurait aimé parler au père d'Anders et l'interroger au sujet de son fils lorsque son fils était enfant, et au sujet de la mère du fils, et à son sujet, à son sujet en tant que jeune homme lorsqu'il n'était pas encore le père d'Anders. Mais les moments de conversation étaient désormais passés, du moins étaient-ils passés pour Oona et le père d'Anders, et désormais il n'y avait que la compagnie et l'attente.

Pour Anders, cependant, il y avait des moments où son père parlait pendant ses derniers jours, juste un mot ici ou là, ou occasionnellement des phrases extrêmement courtes. Anders était ravi de ces moments, de ces paroles, même s'il ne les comprenait pas toujours car son père ne parlait plus aussi clairement qu'il l'avait fait, et dans ces moments-là, lorsque des mots étaient prononcés qui n'étaient guère plus que des sons, Anders percevait souvent sa mère, ou en tout cas Anders en percevait le souvenir et le manque, et il espérait que son père percevait sa mère lui aussi.

Parfois le père d'Anders regardait la personne de couleur assise à son chevet et savait que c'était son fils, mais parfois il regardait Anders et ne savait pas qui c'était, mais il savait qu'il avait des obligations envers cette personne, qu'il devait lui donner ce qu'il pouvait, et il essayait donc de le faire, et faisait de son mieux, même ou surtout lorsqu'il n'était pas certain de qui était cette personne, car alors il ressentait un sentiment de père – ou peut-être était-ce un sentiment de fils, comme si lui était le fils et cette personne le père, tous les deux pères, tous les deux fils. Ils étaient liés et ils franchiraient le passage ensemble, ou sinon ensemble, du moins ne l'approcheraient-ils pas sans être accompagnés.

*

Presque tous les habitants de la ville avaient changé à ce stade et il ne restait guère que les retardataires, des gens pâles qui erraient tels des fantômes, comme s'ils n'étaient pas à leur place, sauf que ces fantômes-là comprenaient que leurs jours étaient comptés, et se voyaient donc chassés plus qu'ils ne chassaient. Les gens observaient leur transition et parfois ils n'arrivaient pas à dormir car ils ignoraient ce qu'il se passerait une fois qu'ils dormiraient, plus que d'habitude encore, ce qui est logique après tout, car même en des circonstances normales s'endormir peut paraître impossible lorsqu'on est réveillé, puis cela se produit, et ce n'est plus une question de possibilité, mais un rêve incarné, habité, et bien qu'impossible, déjà commencé.

La plupart des magasins, des bureaux, des restaurants et des bars rouvrirent, et la majorité des stations essence aussi, et les dégâts furent réparés, et les débris de verre furent balayés et les traces d'incendie enduites et repeintes, hormis dans les lieux dont les propriétaires étaient partis, où ils étaient morts ou s'étaient enfuis, ces lieux demeurant en l'état, puis se décomposant, autant de vestiges de ce qu'il s'était passé là, de franches accusations, des fissures dans le sol d'une ville suggérant des problèmes enfouis dans ses fondations.

Anders alla voir son chef à la salle de sport et son chef était très mat, et toujours très grand, peut-être encore plus grand, même si cela tenait peut-être à sa couleur. Il y avait chez son chef quelque chose de blessé, peut-être quelque chose de brisé, mais il essaya de sourire à Anders comme si tout cela n'était qu'une sorte de plaisanterie, et lorsque Anders lui parla de son père et dit qu'il avait besoin d'un peu de temps, son chef répondit que ce n'était pas un problème, et prononça des mots qui n'étaient pas étranges, qui n'auraient pas dû être étranges, mais qui étaient tout de même étranges venant de lui, étranges au vu de ce qu'il était autrefois, et ce qu'il dit, presque timidement, fut qu'il était désolé pour le paternel et pour Anders, et qu'il souhaitait bonne chance à tous les deux.

Anders ne reconnut personne d'autre à la salle et sur le trajet du retour il se dit qu'il faudrait un moment avant que les gens ne sachent qui étaient les autres gens, à part, bien sûr, ceux qui avaient déjà la peau sombre auparavant. Il se demanda si les gens qui étaient nés ainsi pouvaient faire la différence, pouvaient distinguer ceux qui avaient toujours été comme cela de ceux qui n'avaient foncé que récemment. Il essaya de deviner en conduisant, fondant ses hypothèses sur leur façon de marcher, ou de se déplacer, ou leur apparence, et il ne savait pas si ceux qui semblaient les plus renfermés sur eux-mêmes, leur posture tournée vers l'intérieur, leur visage voilé, si c'était un truc de personne de couleur, que les gens de couleur faisaient depuis longtemps, ou si c'était plutôt le signe d'une personne qui était devenue sombre de peau, et se cachait, comme il avait lui-même essayé de le faire initialement, au moment du changement, ou si ce n'était ni l'un ni l'autre, et que cela avait toujours été commun, et qu'il ne le remarquait que maintenant car il observait.

Oona aussi, en parcourant la ville et en retournant au travail, entreprit la démarche de réapprendre qui était qui, ou quel nom appartenait à qui, car qui l'on était différait de ce qu'il en était autrefois. Elle-même était toujours Oona mais plus toujours Oona ; le fait d'avoir changé l'avait changée, bien qu'elle ne sût dire précisément comment, si ce n'est dans sa capacité accrue à distinguer une personne de couleur d'une autre, à percevoir des degrés plus fins dans la texture de peau d'une personne et la forme de ses pommettes et la nature de ses cheveux, comme si les gens étaient tout à coup des arbres, tous arbres, et personne n'était quoi que ce soit d'autre, et il était possible de distinguer l'un de l'autre selon ses branches et son écorce et ses feuilles et sa hauteur, mais pas au point que l'un paraisse être un arbre et l'autre appartenir à une catégorie de plantes différente, disons de la mousse, ou une fougère.

Il y avait un certain aveuglement dans cette façon de voir les gens. Oona en croisait qu'elle connaissait sans savoir qu'elle les connaissait, et avait plus de mal à juger les caractères, si untel était gentil ou sympathique ou dangereux. Mais en parallèle de cet aveuglement, comme avec l'aveuglement réel, il y avait une nouvelle sorte de vue, d'autres sens qui se renforçaient, une sensation qui émanait de la façon dont quelqu'un lui parlait, et dont sa bouche se mouvait, et de l'expression que ses yeux semblaient contenir, et de la lumière qu'elle voyait en eux – était-ce de la curiosité ou de la colère ? Elle devait travailler plus dur pour cerner les gens, recommençant à chaque fois de zéro ;

c'était fatigant, elle était épuisée à la fin de la journée, et elle dormait plus profondément qu'elle ne l'avait fait depuis un moment.

Un jour Oona était au volant et une voiture de police s'arrêta à sa hauteur et l'agent de police était une femme qui ne ressemblait pas à un agent de police. Alors la femme regarda Oona avec ce regard de l'agent de police, le genre de regard qui incitait Oona à feindre un sourire obéissant et à aussitôt détourner le regard, et Oona se dit, usurpatrice ou non, cette femme est bonne dans son rôle.

Treize

La mère d'Oona fit partie des derniers de la ville à changer. Elle en tirait de la crainte et de la fierté, le sentiment d'avoir fait de son mieux et tenu plus longtemps que les autres, même si elle pensait parfois au contraire qu'elle n'avait rien fait, qu'il n'y avait aucune raison pour qu'elle ait un tel retard, aucun signe de succès à trouver dans son retard, les choses étaient simplement comme cela.

Elle alla dans la chambre d'Oona qui dormait encore. Quand la mère d'Oona s'assit sur son lit Oona se réveilla et eut un choc, et la mère d'Oona perçut la peur passagère dans les yeux de sa fille, la peur avant que sa fille ne comprenne ce qu'il se passait. Cela fit de la peine à la mère d'Oona, car aucun parent ne souhaite voir son cher enfant effrayé, surtout pas à sa propre vue, mais d'une certaine manière cela lui faisait un peu plaisir aussi, plaisir que sa fille révèle cette peur d'un étranger à la peau sombre, car la mère d'Oona avait le sentiment que cela privait sa fille d'une arme et les rendait plus proches d'être égales, les souvenirs des disputes qu'elles avaient eues étant désormais plus équilibrés.

Oona passa ces premiers jours, ces premiers jours après que sa mère devint mate, à s'inquiéter que sa mère puisse se faire du mal, car pour Oona sa mère était brisée et pourrait désormais ne plus vouloir se maintenir en vie. Oona dormit donc à peine pendant quelques nuits et ne cessa de vérifier l'état de sa mère. Elle avait repris le travail à ce stade mais elle prit quelques jours de congés pour pouvoir rester à la maison, à garder un œil vigilant, mais sa mère ne montrait aucun signe de vouloir mettre un terme à ses jours, ni de se préparer à faire une overdose de médicaments, ni de s'ouvrir les veines dans la baignoire, non, la mère d'Oona paraissait, à vrai dire, en meilleur état depuis qu'elle avait changé – ou sinon en meilleur état, du moins soulagée, comme quelqu'un qui souffre d'une peur bleue des montages russes, et qui s'y essaye tout de même sous la pression de ses amis, et qui descend de l'attraction secoué et éreinté, voire trahi, mais qui en est désormais débarrassé, et prêt à passer à la suite, à ce qu'il reste de son après-midi.

Ce n'est pas du tout à dire que la mère d'Oona s'en accommoda facilement ; elle resta stupéfaite pendant un temps, et pensive, et refusa de voir qui que ce soit, ou que qui que ce soit ne la voie, à l'exception d'Oona. Mais cela faisait un bon moment que la mère d'Oona tendait à se replier sur elle-même ; elle avait passé l'hiver confinée chez elle, et elle suivait avec une attention renouvelée le fil d'actualité de ses connaissances qui avaient toutes changé elles aussi. Certains avaient timidement commencé à publier des photos d'eux-mêmes, tels qu'ils étaient aujourd'hui, comme s'ils participaient à quelque scandaleuse mascarade à l'échelle de la ville, mais la mère d'Oona ne publia elle-même aucune photo, et n'écrivit rien, et consulta, consulta, consulta, mais s'abstint pour le moment de participer.

Oona se demandait si l'effondrement de sa mère adviendrait plus tard, si d'ici à un mois ou deux elle plongerait dans le genre de désespoir dévastateur dont Oona avait longtemps redouté l'emprise, mais Oona se demandait aussi le contraire, si sa mère n'était en réalité pas aussi brisée qu'Oona l'avait imaginé, si sa mère trouverait toujours un moyen d'aller de l'avant, et qu'elle avait simplement été en deuil, ou pas simplement, il n'y avait rien de simple à cela, mais principalement, principalement été en deuil, comme une femme ayant perdu son mari et son fils avait le droit de l'être, et si c'était en vérité la peur d'Oona qui avait conduit celle-ci à surestimer la peur de sa mère. Oona ne savait pas, avec le recul, si la situation avait véritablement été aussi précaire qu'elle l'avait imaginé ; elle savait juste qu'elle paraissait, ne serait-ce que possiblement, un rien moins précaire à présent, et cela la soulageait d'une certaine façon, la détendait, juste un peu, érodait une petite partie de sa tension presque constante, et la rendait, de façon ténue mais perceptible, plus en mesure de s'abandonner à son sommeil lorsqu'elle dormait.

Un soir Oona vit sa mère regarder sur les réseaux sociaux le profil d'un couple séduisant, de couleur, une femme et un homme affichant une certaine tenue, mais aussi une certaine maladresse, tous deux à la fois fiers et gênés. Sa mère ne cessait de les regarder et Oona se dit, bien qu'elle ne pût en être sûre, que sa mère les connaissait, car Oona leur trouvait un air familier, malgré le fait que, lorsque Oona regarda les photos d'en dessous, des photos plus anciennes, plus pâles, elle ne les reconnut pas du tout.

*

Le père d'Anders mourut par une fraîche et claire matinée, peu après l'aube, et Anders était avec lui dans sa chambre lorsqu'il s'éteignit car il avait remarqué le changement dans la respiration de son père ce soir-là, et il était resté là avec lui. Son père avait ouvert les yeux dans l'obscurité et il avait vu Anders à son chevet, Anders qui voyait son père qui voyait Anders, et le père d'Anders avait refermé les yeux, et sa respiration déjà laborieuse l'était devenue encore plus, jusqu'à ce que l'effort devînt palpable, le bruit de celui-ci remplissant la pièce, comme si le père d'Anders respirait à travers un tissu de plus en plus épais et que la force requise par ses poumons augmentait. Lorsqu'il s'arrêta de respirer ce fut à la suite d'une inspiration puissante, une inspiration puissante qui aspira tout en lui, qui l'aspira tout entier de lui-même, et sur cette inspiration le père d'Anders n'était plus.

Dans un premier temps Anders ne pleura pas, il resta simplement assis, et dans sa posture c'était comme s'ils attendaient quelque chose, Anders et son père, et la main dans la main d'Anders n'était pas encore froide. Ce ne fut qu'au moment où Anders sortit son téléphone, un téléphone qu'il haït sur le moment, haïssant sa vulgarité, la fausseté de la distance qu'il instaurait face à ce qui faisait alors l'effet d'une immédiateté sacrée, ce ne fut qu'une fois qu'il tenait ce pavé de verre et de métal à l'écran allumé, et qu'il tentait de l'utiliser d'une seule main, ou d'un seul pouce, plutôt, qu'il se mit à pleurer. Il sanglota si fort et si bruyamment qu'il fut surpris, et cela lui donna envie de se taire, et Oona, qui répondit, n'arrivait pas à le comprendre, mais elle comprit ce qui était arrivé, ce qui avait dû arriver, et elle se mit en chemin, et bientôt elle fut là.

Le père d'Anders était mort sans avoir de dettes et en ayant payé pour ses propres funérailles, toutes deux des questions de principe à ses yeux, de principe strict et inhabituel, et il avait informé Anders en avance de ce qui devait être fait. Les hommes de la morgue étaient arrivés comme des plombiers bien habillés et ils avaient amené le père d'Anders jusque dans leur corbillard, et l'avaient transporté dans le salon funéraire, Anders et Oona à leur suite, comme si Anders craignait que son père fût volé ou égaré. Ce ne fut qu'une fois là-bas qu'Anders fut convaincu de laisser son père, les professionnels expliquant à Anders qu'on l'appellerait pour venir le voir à nouveau, aussitôt que son père serait préparé, et ils s'acquittèrent de cette explication avec talent, ils avaient de l'expérience en la matière, mais plus encore ils parlaient d'une façon pragmatique qui était ferme sans pour autant diminuer la gravité de la situation, et Anders les écoutait comme d'autres avant lui les avaient écoutés, et fit comme ils avaient dit et rentra chez lui.

Sur le chemin du retour le soleil brillait comme si rien ne s'était passé et il n'y avait pas de neige sur le sol mais des touches de vert ici et là. C'était une journée normale qui aurait presque pu être une belle journée, une journée qui suggérait, de façon inadéquate, discordante, que l'hiver serait bientôt terminé et que le printemps était dans sa prime jeunesse, et tout cela frappa Anders d'un coup, un Anders aux yeux rouges qui n'avait pas dormi, tout cela le frappa en plein visage.

*

Anders avait traversé aux côtés de son père cette période où de nombreux pères auraient été à l'hôpital, et comme ils n'étaient que tous les deux à la maison, la mort du père d'Anders avait été pour Anders d'une intimité qu'Oona n'avait pas connue avec la mort du père d'Oona et du frère d'Oona. Cela avait été une façon ancienne de mourir, et Anders se sentait mal à l'aise d'être à présent séparé de son père, de voir d'autres gens préparer son père pour l'enterrement, et il ne cessait de dire, je devrais être avec lui, je devrais être avec lui. Oona ne savait pas quelle était la bonne réponse mais elle savait que la réponse n'avait pas d'importance, et elle s'assit donc avec Anders et serra Anders et disait parfois à Anders ça viendra, mon amour, attends, ça viendra.

Oona s'entendit prononcer le mot amour et elle fut à la fois émue et heureuse de le dire. Il y avait chez elle un plaisir mélangé à la tristesse de ces moments-là, un plaisir à dire ce mot en sachant qu'il était vrai, comme si elle n'avait pas pu le savoir sans le tester et voir s'il portait son poids et à présent elle l'avait dit et il l'avait fait.

Peut-être qu'Anders idéalisait son père et peut-être que le père d'Anders était pour Anders une connexion à quelque lointain passé, à des traditions avec lesquelles Anders n'était pas encore familier et avec lesquelles il ne le serait désormais jamais, mais Anders fut saisi par l'idée qu'il devait creuser la tombe de son père, la creuser lui-même, et il se demanda alors si le père d'Anders avait creusé la tombe du grand-père d'Anders, et pour une raison ou pour une autre il pensa, il pensa seulement, qu'il l'avait bel et bien fait. Anders faillit appeler le cimetière et demander si c'était possible, et alors il s'arrêta et se dit, c'est de la folie, et il ne le fit pas, il ne le fit pas, bien qu'il pût imaginer la sensation du grain de ce manche en bois et le poids de cette pelle entre ses mains, mordant la poussière. Mais il regretta plus tard cette décision, il la regretta, pas amèrement, non, seulement vaguement, mais il la regretta toute sa vie.

À l'office en mémoire du père d'Anders le cercueil était à moitié ouvert, rappelant à Anders la porte arrière de leur maison, qui était une porte en deux parties. Le père d'Anders s'était parfois tenu là, debout, lorsque Anders était enfant, la partie inférieure fermée, la partie supérieure ouverte, et le père d'Anders aimait poser une main sur le bord et fumer de l'autre, et il regardait Anders avec cette expression qu'Anders n'arrivait pas tout à fait à lire, pas avec affection, pas tout à fait, mais pas sans affection non plus, davantage comme s'il essayait de déceler quelque chose. À présent les yeux du père d'Anders étaient fermés et il portait du maquillage. Cela lui donnait un air un peu bizarre et Anders ne pouvait pas voir son expression – et Anders ne reverrait plus son expression.

Anders avait imaginé qu'il détesterait la cérémonie funéraire mais il n'en fut rien ; il était réconfortant d'être avec ces autres personnes venues lui rendre hommage. Anders ne savait pas qui était qui ni lequel était lequel, pas avant qu'ils ne se présentent, bien qu'il pût occasionnellement le deviner, et il n'y en avait pas beaucoup, mais il y en avait assez, le bon nombre, tous ceux qui étaient là étant ceux à qui cela importait, et la cérémonie fit ce qu'elle était censée faire, c'est-à-dire rendre réel ce qui s'était produit et tisser Anders et ces autres que son père avait laissés derrière lui dans une toile partagée faite de ce qu'ils avaient perdu. Le père pâle d'Anders était la seule personne pâle présente, la seule personne pâle qui restât dans toute la ville, car il n'y en avait plus aucune autre à ce stade. Maintenant son cercueil était refermé et sa mise en terre avait lieu et il était livré à la terre, le dernier homme blanc et après cela, après lui, il n'en resta aucun.

Quatorze

La mère d'Oona ne parla pas beaucoup, pas pendant des semaines, et regardait fixement par la fenêtre, regardait fixement ses mains, ses écrans, et sur ses écrans elle ne pouvait pas s'empêcher de retourner sur certains des lieux qu'elle avait fréquentés autrefois. Certains de ces lieux avaient disparu, ou ils étaient calmes, mais d'autres étaient actifs, plus actifs encore, et sur certains des plus actifs les conversations tournaient autour de la fin du monde.

Le chaos final approchait, disait-on, un déclin vers le crime et l'anarchie, et le cannibalisme, un cannibalisme né de la faim, pire, de la vengeance. Le sang coulerait à flots et tous devaient se préparer à la fin, rejoindre les autres sympathisants ou se barricader chez eux, prêts pour le dernier combat, le dernier combat avant d'être renversés, car même avec la peau sombre nous n'étions pas à l'abri, ils savaient faire la différence, ils savaient toujours qui nous étions, ce que nous étions, et ils viendraient nous régler notre compte, maintenant que nous étions aveugles et ne pouvions plus nous voir les uns les autres, ne pouvions plus voir lesquels d'entre nous étaient véritablement nous. Ils viendraient nous régler notre compte comme des prédateurs dans la nuit, attrapant leur proie lorsque leur proie était sans défense.

La mère d'Oona lisait des choses sur la sauvagerie, la sauvagerie des gens de couleur, sur le fait qu'ils l'avaient en eux depuis le début et qu'elle s'était manifestée à de nombreuses reprises à travers l'histoire, et ne pouvait être niée. Elle lisait les exemples de cas où des groupes de Blancs étaient tombés, et les viols et les massacres et les tortures auxquels nous avions été sujets, et comment c'était leur façon de faire, la façon de faire des gens de couleur, à chaque fois qu'ils prenaient le dessus. Elle était effrayée, effrayée par ce qu'elle lisait, mais peut-être pas aussi effrayée que ce à quoi elle s'était attendue, ou pendant moins longtemps que ce à quoi elle s'était attendue, car sa fille allait et venait depuis la maison à vélo, et souriait à la mère d'Oona aussitôt arrivée, et le courrier était livré tous les jours, trop de courrier, avec trop de factures. Les plantes s'animaient et son jardin bourgeonnait, et par certains jours ensoleillés il faisait assez bon pour ouvrir les fenêtres en début d'après-midi. L'odeur qui emplissait alors la maison était celle du printemps, celle que son mari avait autrefois appelée avec un clin d'œil l'odeur de l'heure de batifoler.

La mère d'Oona ne cessa pas de visiter ces lieux digitaux mais elle s'y rendit de moins en moins car ils l'effrayaient, ou plutôt parce qu'ils l'effrayaient et qu'elle ne souhaitait pas tant que cela qu'on l'effraye, plus tant que cela. Le contraste entre eux et le monde alentour était tout simplement trop déroutant, et elle ne les remettait pas en question, leurs intentions étaient pures, et ils en savaient beaucoup, mais elle ne les appréciait plus aussi clairement, et ainsi, sans le prévoir, mais avec motivation, la mère d'Oona passa une moindre partie de ses journées en ligne, et pour ce qui est d'Oona,

Oona remarqua que sa mère commençait, petit à petit, à être prête, le soir, à parler.

*

Anders se rendait au cimetière tous les week-ends et en général Oona se joignait à lui. Ils y allaient ensemble lorsqu'elle avait passé la nuit chez lui et ils s'y retrouvaient lorsque ce n'était pas le cas, et un jour en arrivant, tandis qu'elle-même était en chemin, il remarqua combien il y avait d'oiseaux, et alors il vit Oona s'approcher et descendre de son vélo et l'attacher à la clôture, l'attachant par deux fois avec une chaîne épaisse et un lourd cadenas, car les vélos étaient, comme toujours, susceptibles d'être volés. Oona marchait vers lui, d'une certaine manière plus grande qu'elle ne l'était, avec l'une de ces postures qui créent une illusion de grandeur, non pas raide, mais plutôt allongée et le menton relevé, souple et tendue vers le haut, tout en même temps, comme si elle était prête à danser ou à s'envoler. Il la regardait et se sentait chanceux, chanceux d'avoir Oona qui s'approchait de lui, bien droite malgré tout le poids qu'elle portait, et elle fit un signe de la main et il fit un signe en retour et c'était la première fois depuis un moment qu'il se sentait chanceux.

La mère et le père d'Anders étaient côte à côte dans le cimetière, occupant des tombes adjacentes, cet après-midi à l'ombre d'un arbre qui avait perdu une énorme partie de son tronc et en portait la cicatrice. Celle-ci hébergeait probablement de petites créatures même si aucune ne pouvait présentement être aperçue courant ou rampant par-dessus, par-dessus cet arbre qui s'élançait fortuitement vers le ciel, en déséquilibre mais ancré et épais dans sa base.

Si certains se montrent réticents vis-à-vis des cimetières et cherchent à les éviter, Anders et Oona étaient atypiques à cet égard, non pas qu'ils préféraient se trouver dans ce cimetière à proprement parler, mais ils y sentaient quelque chose, et s'y attardaient, s'attardaient parmi les arbres et les plantes et les tombes, parmi les endeuillés occasionnels, car il y en avait généralement peu, voire aucun. Anders et Oona restaient un moment, en grande partie seuls, trouvaient un banc ou un carré d'herbe et s'y asseyaient, parfois pendant des heures, et ils parlaient, ou restaient silencieux, et d'une certaine façon ils étaient là chez eux.

Ce jour-là ils se promenèrent, lentement, perdus dans leurs pensées, jetant un œil aux tombes d'étrangers, lisant de temps à autre une inscription à haute voix. Anders dit à Oona qu'il n'était que rarement allé dans des cimetières avant la mort de sa mère, en y réfléchissant à présent, il n'arrivait pas à se rappeler sa première fois, et Oona répondit qu'elle n'arrivait pas non plus à se rappeler sa première fois, mais elle se souvenait de l'enterrement de son père, toute la famille s'y était rendue et son frère n'y était jamais retourné, avait refusé d'y retourner. Ils ne s'étaient pas beaucoup disputés, son frère et elle, mais il y avait cette fois où leur mère voulut les emmener tous les deux et son frère dit non, et Oona n'aima pas cela, n'aima pas la manière dont il le dit, car il le fit avec énormément d'insolence, mais aussi parce qu'elle entendit la peur dans son insolence, elle y entendit la terreur, une terreur avec laquelle sa famille avait vécu depuis lors. Oona avait été effrayée, effrayée par le son que la terreur avait fait dans la voix de son frère, et elle se disputa avec lui, une dispute sans retenue, enragée, mais il ne bougea pas, et en fin de compte il n'y alla jamais, n'alla jamais dans ce cimetière, jusqu'à ce que lui-même y fût enterré.

Anders lui demanda si elle voulait y aller à présent et elle y réfléchit, réfléchit si elle voulait aller au cimetière où son père était enterré et où son frère était enterré à l'endroit prévu pour sa mère, l'endroit qui ne serait pas occupé par sa mère. Oona se rendit compte qu'elle voulait y aller, pas sur-le-champ, mais un peu plus tard, oui, elle voulait y aller avec Anders, avant qu'il fasse nuit, mais ce n'était absolument pas pressé, ils pouvaient prendre leur temps, elle était bien là où elle était, et les cimetières étaient comme des aéroports, ils étaient tous connectés, et elle sourit, et demanda s'il voyait ce qu'elle voulait dire, et il sourit aussi, acquiesça et répondit que oui.

Ils continuèrent à marcher et Anders mit son bras autour d'Oona, soupçonnant alors qu'il y avait peut-être quelque chose de différent chez eux, chez Oona et lui, et il songea qu'il était possible qu'ils ne ressentent pas les morts comme tout le monde ressentait les morts, que certains se cachaient des morts et essayaient de ne pas y penser, mais ce n'était pas le cas d'Anders et Oona, ils ressentaient les morts chaque jour, chaque heure, en vivant leur vie, et leur ressenti des morts était important à leurs yeux, une part importante de ce qui constituait leur propre style de vie et dont il ne fallait pas se cacher, car on ne pouvait pas s'en cacher, on ne pouvait pas du tout s'en cacher.

*

L'un des soirs suivants Anders et Oona se promenaient après le travail le long de l'une des rues principales du centre-ville, et chez un glacier il y avait quelques enfants choisissant des parfums avec leurs parents, et les bars, sinon pleins, n'étaient plus déserts. Anders et Oona entrèrent dans l'un d'entre eux et s'assirent sur deux tabourets hauts, en écoutant la musique, heureusement pas trop forte, et regardant autour d'eux dans l'obscurité rougeoyante, juste légèrement rouge, et pas si obscure que cela. Ils commandèrent des whiskys et trinquèrent, sans lever leur verre, mais en le faisant glisser, un verre en rencontrant un autre, non pas dans un cliquetis mais plutôt un petit coup, puis chacun porta le verre à ses lèvres et sirota le liquide doré qui s'y trouvait. Le whisky leur brûla la bouche et la gorge parce qu'ils étaient affamés, et assoiffés aussi, et qu'ils avaient perdu l'habitude.

Ni l'un ni l'autre n'étaient sortis boire un verre depuis plusieurs mois et cela faisait un peu bizarre d'être dehors à présent. Personne dans ce bar n'avait l'air tout à fait à l'aise, ni le barman ni les hommes regroupés sur la seule banquette occupée, ni Anders ni Oona, ni aucun d'entre eux, aucun de ces hommes mats de peau baignant dans la lumière couleur bar, essayant de trouver leurs repères dans une situation si familière et pourtant si étrange. Oona, en observant cela, se demandait si c'était bel et bien le cas ou si les gens avaient simplement l'air mal à l'aise à partir du moment où vous les pensiez mal à l'aise, tout comme ils semblaient fous aussitôt que vous les pensiez fous, et peut-être que tout le monde avait le même air que d'habitude, le même mais plus foncé.

Alors qu'elle se disait cela et que le whisky s'installait dans son ventre, sa perspective changea et les autres ne lui parurent plus détonner autant. Elle-même n'avait plus ce sentiment étrange ; c'étaient juste des gens et c'était juste un bar et c'étaient juste des verres et Anders était simplement en train de parler, et elle l'écoutait parler, saisissant la seconde moitié de ce qu'il disait, et elle n'était plus là, la différence n'était plus là, et ce fut à nouveau une soirée normale pour Oona.

Ils finirent leur verre et décidèrent d'aller au restaurant. Il y avait un endroit qu'elle aimait non loin de là, qui ne servait ni de viande ni de plats qui faisaient semblant d'en être, et les ingrédients venaient toujours du coin et changeaient avec la saison. Sur le chemin Oona se rendit compte qu'elle ignorait s'il était toujours ouvert et s'il existait encore, mais c'était le cas de l'un comme de l'autre, et les propriétaires étaient là, deux femmes, et Oona sourit à l'une d'entre elles et pensait savoir qui elle était, et la femme sourit en retour comme si elle savait qui était Oona, et Oona fut surprise, car comment la femme pouvait-elle le savoir, et alors elle comprit que la femme en faisait probablement de même avec tout le monde, traitant chaque nouvel arrivant comme un ancien client fraîchement revenu.

Le repas fut un délice, un signe bienvenu de normalité, et pas trop lourd. Ils ne burent que de l'eau, de l'eau sans glace, et ils pouvaient sentir le whisky en eux, pas fortement mais bien présent, dans leur estomac et dans leurs veines et leur haleine. Ils profitaient de goûter des saveurs inconnues et de ressentir la présence d'autres gens, car le restaurant était au quart plein malgré l'heure tardive. À leur départ la lune brillait et ils marchèrent un peu, complètement détendus dans leur balade, détendus jusqu'à ce qu'un homme se mît à les suivre, un homme de couleur qui adopta le même rythme qu'eux et se rapprocha, Anders et Oona tous deux conscients de sa présence et ressentant son approche. Soudain l'homme cria et Anders et Oona furent surpris, plus que surpris, ils furent choqués. Ils se retournèrent pour lui faire face, le souffle rapide et les poings d'Anders levés, et l'homme se mit à rire, il se pencha en avant et rit, puis se retourna, toujours légèrement penché et ricanant encore, et lentement s'en alla.

Quinze

La mère d'Oona s'était attendue à une purge et lorsque celle-ci n'arriva pas, quand ceux qui avaient été blancs ne furent pas pourchassés ni mis en cage ni fouettés ni tués, hormis dans une poignée de cas où les crimes avaient été particulièrement monstrueux et leurs auteurs connus et identifiables, lorsque aucun règlement de compte de masse ne se produisit dans ces premières semaines après que la transformation de la ville fut complète, elle commença à se détendre et s'aperçut qu'elle ne détestait pas être dehors parmi les autres, pas différente des autres, pas clairement identifiée comme faisant partie d'une tribu plutôt qu'une autre, et que c'était une sorte de sursis, comme lorsqu'elle était enfant et que la maîtresse savait que toute la classe avait triché à un contrôle et, au lieu d'appeler le principal, avait simplement déclaré que le contrôle ne compterait pas, et elle n'en fit pas plus.

Cela manquait à la mère d'Oona cependant, cela lui manquait d'être blanche, mais au-delà du fait d'être blanche elle-même, c'était le fait que sa fille soit blanche qui lui manquait. Elle se demandait parfois si ses petits-enfants pourraient être blancs, s'il y avait encore une chance pour eux, mais au fond de son cœur elle savait qu'ils ne le seraient probablement pas, et cela l'attristait, mais pas assez pour ne pas vouloir en avoir un désir ravivé, tandis qu'elle s'intéressait à la place à la vie amoureuse de sa fille.

Il était clair que sa fille s'était entichée de ce garçon, Anders, et la mère d'Oona voulait arranger les choses entre elle et lui, car il n'était plus jamais venu lui rendre visite. Oona lui avait dit que le père du garçon était décédé et elle lui répondit qu'elle voulait aller le voir pour présenter ses condoléances. Sa fille l'avait appelé et il avait dit que cela ne posait pas de problème, et ainsi elle y alla et ils ne parlèrent pas de ce qu'il s'était passé cette nuit-là, une nuit que tous les deux souhaitaient oublier. La mère d'Oona avait de l'expérience dans la relation avec les morts ; elle s'assit donc à côté de lui et, après quelques bavardages, elle lui prit la main, surprenant Oona, ainsi qu'Anders, et peut-être elle-même aussi, et lui dit que lorsqu'elle était petite elle avait également été enfant unique. Ce n'était pas tout à fait aussi commun à l'époque, et elle se souvenait de la mort de son propre père, qui était parti après que sa mère fut partie, et la mère d'Oona n'était alors pas encore mariée. Elle comprenait ce que c'était que d'être jeune et de rester assis tout seul dans la maison du défunt. Anders avait presque l'air sur le point de pleurer mais il ne pleura pas ; à la place il sourit, la mère d'Oona le vit observer sa fille. Oona avait les larmes aux yeux, ses yeux étaient humides, les larmes y stagnant sans tomber. Elle haussa les épaules et sa mère l'appela et la serra dans ses bras, serra sa fille mince mais forte contre sa large poitrine, et Oona fit un petit sourire, et la mère d'Oona se dit, on se sent comme une famille tous les trois.

Ce n'était peut-être pas opportun mais elle eut soudain envie d'immortaliser le moment. Elle fit asseoir Oona et Anders ensemble, elle ne pouvait pas se retenir, et se tint devant eux, et prit une photo. Leur expression était à leur image, calme, comme s'ils se sentaient en sécurité l'un avec l'autre, et ce fut une magnifique photo, et même avant d'avoir atteint la maison, assise à côté d'Oona sur le trajet du retour, la mère d'Oona l'avait publiée sur son réseau social, la première photo qu'elle avait publiée depuis si longtemps, et déjà l'écran de son téléphone lui gazouillait en retour, consignant les marques et les commentaires d'approbation virtuelle.

*

Oona devait renouveler son permis de conduire et l'employé observa sa photo sur la carte plastifiée puis son visage, pas une fois mais deux, et Oona pensait qu'il allait lui demander de prouver qu'elle était celle qu'elle prétendait être, puisqu'il n'avait aucun moyen de le savoir tout à fait. Mais à la place il la regarda attentivement, comme s'il essayait de voir à travers elle, et il dit, Oona, il ne le dit pas tant qu'il le demanda, et elle dit, oui, et il prononça son nom, juste son prénom. Tout chez lui avait changé mais elle le reconnut et ils se prirent dans les bras, Oona en particulier le serrant fort contre elle, et il la serra lui aussi dans les siens, d'abord pas si fort, mais ensuite à force égale, et ils convinrent qu'elle patienterait pour qu'ils puissent boire un café ensemble et c'est ce qu'elle fit et c'est ce qu'ils firent.

L'employé avait été le grand amour de son frère. Bien que ce fût une relation tumultueuse, qui se fit et se défit tout au long du lycée, et bien qu'elle se soit mal terminée, qu'elle se soit mal terminée plus d'une fois, à plus d'une occasion, et bien que son frère et lui se soient éloignés, il était venu à l'enterrement de son frère, restant à l'écart de tous les autres. Oona avait voulu lui parler mais il était parti avant qu'elle en ait l'occasion. Cela datait seulement, étonnamment, de quelques mois, pas tout à fait une année entière, mais on aurait dit que cela faisait de nombreuses années. Pourtant, lorsqu'ils se mirent à parler autour d'un café, ce fut comme s'il ne s'était pas écoulé une seule seconde, comme s'ils vivaient des vies parallèles, des vies roulant sur des rails qui auraient dévié des anciens mais fileraient tout de même à leurs côtés, et si son frère était parti, dans leur conversation il était presque vivant, et Oona l'était aussi, prise à la gorge par la vie.

L'employé était un homme séduisant aux doux yeux bruns et aux larges mains brunes, et il avait été beau également lorsqu'il était enfant, mais pas beau à ce point, et elle lui demanda s'il était heureux d'avoir changé, et il dit que son changement de couleur n'avait été qu'un des divers changements qu'il avait traversés récemment, tout avançait ensemble, il s'était marié la semaine précédant l'enterrement de son frère, oui, marié, répéta-t-il devant son air surpris, son air à lui non moins surpris, comme s'il avait lui-même du mal à le croire. Il était heureux dans son mariage et il aimait son mari, mais son frère était là également, avec lui, et il ne partirait jamais, il le savait désormais, il l'avait su à l'enterrement, il s'était marié et avait trouvé l'amour et perdu l'amour et changé de couleur ; quoi de tout cela avait le plus d'importance à ses yeux, il l'ignorait, mais sûrement, sûrement n'était-ce pas la couleur.

Elle le taquina et lui dit qu'elle lui allait bien, son apparence actuelle, et il dit, je sais qu'elle me va bien, et ils rirent, et il dit toi aussi elle te va bien, et elle dit, vraiment, et il dit, vraiment, et il ajouta, tu avais l'air trop affamée avant, et elle demanda, et maintenant ce n'est plus le cas, et il dit, et maintenant ce n'est plus le cas, et elle sourit, et puis elle sourit à nouveau, d'un sourire de plus en plus grand.

*

C'était véritablement le printemps et les matins étaient frais et splendides. Anders s'était installé dans la maison de son père, la maison de sa mère, et Oona s'y installait peu ou prou avec lui, y passant de plus en plus de nuits et aidant au nettoyage et à la réparation et à la rénovation de la maison. Elle avait également des affaires dans la maison de sa mère et ne l'avait pas quittée, mais ses vêtements s'amassaient dans la maison qu'elle partageait avec Anders, et pour l'anniversaire d'Anders elle lui offrit un vélo et par ces splendides matinées ils pédalaient ensemble vers leur travail, s'arrêtant tous les jours pour prendre un café avant que leurs chemins ne se séparent.

Les insectes faisaient leur retour, les plus spectaculaires, bien que timides, étant les papillons, et en roulant ils remarquèrent ces espaces où les papillons avaient tendance à se rassembler. Un jour il y en avait tout un nuage autour d'un petit buisson en fleur. Anders et Oona s'arrêtèrent et les observèrent un moment, chaque cycliste un pied à terre, et ils ne parlèrent pas ni ne prirent de photo mais simplement les observèrent. Le lendemain, lorsqu'ils passèrent devant à vélo, les papillons étaient partis. Anders se tourna vers Oona pour faire un commentaire à ce sujet et lorsqu'il ouvrit la bouche un insecte y entra. Il eut une expression de dégoût et essaya de le chasser, de le cracher, et Oona ralentit à côté de lui, en roue libre, et rit.

La femme qui prépara leurs cafés ce jour-là était une nouvelle qui portait une salopette sans haut en dessous, juste un soutien-gorge, même s'il ne faisait pas encore chaud, et peut-être le faisait-elle pour dévoiler ses tatouages qui dansaient sur le haut de ses bras et ses épaules. Ce qui était drôle avec ses tatouages était qu'ils étaient presque de la même couleur que sa peau, ou pas de la même couleur mais de la même noirceur, et ils avaient donc plus l'air de gravures que de tatouages, fines et complexes et texturées, quasiment invisibles mais pas tout à fait, et Oona se demandait si la femme les avait fait faire après avoir changé. Oona pensait que non, ou aimait penser que non. Elle aimait penser que la femme les avait fait faire avant et s'était métamorphosée en eux, métamorphosée vers eux, pour ainsi dire, bien qu'il apparût soudain à Oona qu'il était possible que la femme n'ait jamais changé du tout, et tandis qu'Oona payait, qu'Oona payait la femme, Oona dit, jolis tatouages, et la femme sourit et dit, merci.

Anders avait l'impression que son café avait un goût différent, mais il ne savait pas si c'était vraiment le cas ou si c'était un contrecoup de l'insecte dans sa bouche. Il sirotait son café sans son enthousiasme habituel mais lorsque Oona et lui s'embrassèrent pour se dire au revoir ce fut un baiser d'au revoir plus long et plus passionné que dans leurs habitudes du matin, et cela le prit par surprise, mais pas elle, car il venait d'elle. Là-dessus, sans un mot de plus, ils se séparèrent, elle se rendant au studio et lui à la salle de sport.

Dans la salle de sport les dégâts de l'incendie avaient été réparés et en majorité repeints, mais certains signes demeuraient tout de même, visibles ici et là, et les mois d'inactivité avaient laissé des traces dans les finances du lieu. Il paraissait basique, particulièrement basique en regard de la floraison du printemps, sans fioritures, le strict minimum, des bancs et des racks et des haltères et des disques et des élastiques et des chaînes, et les miroirs dans la partie principale étaient poussiéreux, et Anders se demandait si le gars du ménage avait reçu pour consigne de ne plus tant les nettoyer que cela.

Les rangs des souleveurs qui utilisaient la salle s'étaient quelque peu réduits, peut-être parce que les temps étaient durs, ou peut-être parce que certains d'entre eux étaient partis. Mais il y avait aussi quelques nouveaux souleveurs, des clients qui autrefois n'en étaient pas, et quoi qu'il en soit le soulevé était le même, concentré, et désespéré, des efforts à force maximale, à cinq reprises, ou trois, ou une, des hommes repoussant leurs limites aussi loin qu'ils le pouvaient, ne faisant pas de l'exercice, mais s'entraînant, et peut-être ne s'entraînant même pas, mais combattant, combattant la gravité que le monde exerce sur tous ceux qui le foulent, exerce de façon égale en apparence, mais dans les faits de façon inégale, complètement inégale.

De tous ceux qui étaient là le gars du ménage semblait le moins changé. Anders le regardait vaquer à son travail et voulait lancer la conversation, mais aucune de ses tentatives n'aboutit réellement, et ce jour-là Anders eut une idée, et il attendit jusque tard, qu'il n'y ait plus personne alentour, et il dit au gars du ménage, je pourrais vous entraîner, vous pourriez faire de l'exercice ici de temps en temps, comme on le fait nous, est-ce que ça vous dirait. Le gars du ménage regarda Anders et dit, non, et alors il ajouta, moins brusquement, et sans sourire, ou sans un sourire sur ses lèvres, mais peut-être un sourire dans ses yeux, c'était difficile de le savoir, à vrai dire cela aurait pu être l'inverse d'un sourire, et avec cette expression-là, le gars du ménage ajouta, ce qui me dirait c'est une augmentation.

Seize

Il semblait par moments que la ville était en deuil, ainsi que le pays. Cela convenait à Anders et Oona et rejoignait d'ailleurs leurs propres sentiments. Mais on avait parfois l'impression inverse, l'impression que quelque chose de nouveau était en train de naître – et étrangement cela leur convenait aussi.

Pas grand-chose ne changea dans l'apparence de la ville, du moins pas au début, si ce n'est l'apparence des gens qui s'y trouvaient, bien sûr. Mais elle avait été malmenée pendant l'hiver et des travaux considérables devaient être entrepris, et lentement le chantier commençait, rien qui sorte de l'ordinaire, juste une équipe avec des casques travaillant sur un pont, projetant ici et là des étincelles en direction de la rivière, ou un compacteur jaune vif grondant tandis qu'il remettait une route à niveau, l'odeur de l'essence et de l'asphalte frais emportée par la brise.

Le souvenir de son père revenait à Anders lorsqu'il voyait ce genre de choses, et encore plus lorsqu'il les sentait, lorsqu'il sentait du ciment ou de la peinture humide ou du bois de charpente inachevée. Ce souvenir n'était pas toujours plaisant, il était douloureux aussi, et si Anders estimait avoir bien agi envers son père, surtout à la fin, il ne savait pas tout à fait à quel point, et il soupçonnait, ou craignait, que son père n'en était pas certain non plus, n'était pas certain de la façon dont Anders avait agi. Peut-être en allait-il ainsi pour les pères et les fils, ou certains pères et certains fils, mais il y avait de l'amour aussi. Anders avait le sentiment que son père l'aimait bel et bien, et que lui, Anders, aimait bel et bien son père, qu'ils ne se jugeaient pas, en dernière analyse, avec sévérité l'un l'autre, et ce sentiment permettait à Anders de tenir bon.

Le grand nettoyage de sa maison d'enfance fut difficile pour Anders mais il devait être fait, et Oona l'aida, et ils poncèrent et enduisirent et martelèrent et balayèrent. Ils se souviendraient plus tard de ces moments, tous les deux, à demi vêtus, la peau exposée tachetée de peinture, comme faisant partie de leurs moments les plus chers. Une photo qu'Oona avait alors prise d'eux, numérique mais imprimée et montée sous forme physique, fut placée dans la chambre qu'ils allaient partager, et elle leur servirait plus tard de rappel, à chaque fois qu'ils se disputeraient, des débuts de leur nid commun.

La maison fut entièrement déplumée, des couches de poussière et de fumée retirées, et Anders et Oona refirent la chambre qu'avaient partagée ses parents pour l'occuper eux-mêmes. Quant à la troisième chambre, qui avait fait office de bureau pendant des décennies puisque aucun frère ni aucune sœur d'Anders n'étaient jamais arrivés pour la revendiquer malgré les tentatives et les espoirs sincères des parents d'Anders, ils firent de cette pièce une salle d'exercice et de méditation. Mais ils la remplirent aussi de certaines des choses qui avaient appartenu aux parents d'Anders et que Anders désirait conserver, des babioles et des photos et le diplôme encadré de son père et de sa mère, et ainsi, malgré sa nouvelle fonction, malgré ses kettlebells et ses tapis de yoga et ses rouleaux en mousse, elle avait un air familier, la moins transformée de toutes les pièces de la maison.

Quant à la chambre d'Anders, sa chambre d'enfance, ils la laissèrent vide, fraîchement repeinte et inoccupée, comme si un résident venait tout juste de partir, ou qu'un résident était sur le point d'arriver, et s'ils le firent pour une raison particulière, comme un clin d'œil au passé, ou au futur, ou aux deux, ni Anders ni Oona, sur le moment, n'auraient probablement voulu le dire.

*

Les années défilèrent rapidement pour Anders et Oona, de plus en plus rapidement, comme elles le font pour nous tous. Tandis que les souvenirs de blancheur s'estompaient, certains d'entre eux perduraient tout de même, et lorsque leur fille vit le jour, une petite fille endurcie dans un petit corps fragile, bientôt longue et svelte et sereinement féroce dans son regard, et pas du genre à faire des câlins, bien que capable à l'occasion de mots d'une tendresse époustouflante, époustouflante car ses paroles étaient infiniment directes et infiniment rares, un je t'aime prononcé avec un regard soutenu dans les yeux tel un adulte, prononcé presque comme une accusation ; oui, lorsque leur fille arriva, grandit rapidement, trop rapidement, et devint une femme, ils voulurent lui donner des choses d'autrefois, son héritage, et alors ils parlèrent de blancheur, et de ce qui avait été, et du père d'Anders, très semblable à leur fille, entièrement différent mais aussi très semblable, et de la mère d'Anders, l'enseignante, et du père d'Oona, et du frère d'Oona, de tous, les ancêtres de leur fille, les gens dont elle découlait, et elle écoutait, elle était ouverte à l'idée d'écouter, mais calmement, sans en demander davantage, et ses parents ne surent jamais réellement à quel point elle, ni un quelconque autre jeune, comprenait véritablement.

Anders et Oona ne parlaient pas beaucoup du passé mais la mère d'Oona, la grand-mère de la fille, le faisait bien davantage, et essayait d'instiller une notion de la façon dont les choses avaient été, de ce dont ils provenaient réellement, de la blancheur que l'on ne pouvait plus voir mais qui faisait toujours partie d'eux-mêmes. La fille appréciait beaucoup sa grand-mère et se montrait remarquablement tolérante envers elle, et elle surprit donc sa grand-mère lorsqu'elle l'arrêta un jour, lorsqu'elle prit ses mains et dit, arrête. C'était tout, rien qu'un mot, arrête, et ce n'était pas beaucoup, mais cela affecta sa grand-mère, profondément, car sa grand-mère pouvait voir que la fille était gênée, et pas gênée pour elle-même, mais gênée pour elle, par elle, par sa grand-mère, et celle-ci ressentit alors un brasier de colère. Mais plus que cela elle ressentait une perte, un puissant sentiment de perte. La fille ne lui lâcha pas les mains, elle s'y accrocha, elle s'y accrocha et regarda les émotions s'enflammer dans les yeux de sa grand-mère, et lorsque les émotions eurent flambé un moment, et qu'elles déclinaient, se calmaient, la fille baissa le tête et embrassa la peau fine et sèche comme du papier des phalanges de sa grand-mère – des lèvres douces, une once de moiteur. Elle attendit longtemps jusqu'à ce que sa grand-mère finisse par secouer la tête et, tant bien que mal, tant bien que mal, sourie.

*

Oona était proche de sa fille, une proximité qui connut des hauts et des bas à mesure que l'enfant grandissait mais qui parvenait toujours à revenir lorsque Oona se mettait le plus à craindre qu'elle disparaisse. Oona était constamment émerveillée et perturbée par sa fille, par la dureté en elle, ainsi que par sa confiance tranquille, et Oona se demandait si elle avait elle-même été ainsi lorsqu'elle était plus jeune. Peut-être l'avait-elle été, un peu, mais il était difficile d'en être certain. Sa fille était petite mais faisait grande, faisait plus grande que son corps, plus grande qu'Oona, prenant de la place dans une pièce même sans parler, tel un bandit armé avachi mais vigilant dans le coin d'un saloon.

Oona se fit moins de souci pour sa fille à mesure que celle-ci grandissait, et ce fut un soulagement pour toutes les deux, Oona ayant minutieusement scruté sa fille à la recherche de signes des blessures de son frère, et de ses propres blessures. Oona ne les avait pas trouvés facilement, ou ne les avait trouvés qu'avec une difficulté croissante, et lorsqu'elles se disputaient, la mère et sa fille, ce qui n'arrivait pas souvent, Oona découvrait qu'elle pouvait être tout à la fois furieuse de l'entêtement de sa fille et secrètement ravie de la capacité de la petite à ne rien concéder.

Anders et Oona n'eurent pas de second enfant et au fil des ans ils firent l'amour avec moins de régularité, évoluant à un certain point dans leurs habitudes du soir au matin, à ces occasions imprévisibles où le désir s'avérait s'emparer d'eux au même instant, reposés et étrangement excités sous les draps à l'aube d'une nouvelle journée. Lors d'une telle occasion, Anders s'était étendu pour toucher le dos d'Oona, une question, et elle avait souri pour elle-même et bougé légèrement pour communiquer sa réponse. C'est à ce moment-là que la porte s'ouvrit et qu'entra leur fille, comme toujours sans frapper, mais il était rare pour elle d'être d'attaque tôt le week-end, et encore plus rare pour elle de marcher jusqu'à eux, grimper dans le lit et s'allonger entre eux. Elle était adolescente à présent, et entièrement habillée ; elle avait l'odeur de sa soirée de la veille, et Oona réalisa que sa fille n'était pas encore allée se coucher. Elle vit dans ses yeux non pas de l'angoisse, précisément, mais quelque chose d'autre, impénétrable, et elle mit son bras autour de sa fille, en partie un enfant, nul ne savait pour combien de temps encore. Anders la regarda, regarda sa fille, et ne pouvait voir son visage détourné, uniquement ses cheveux, son oreille, les bords de sa pommette et de sa mâchoire, mais il pouvait aussi la voir intégralement, dans son esprit à lui, son expression à elle. Alors il l'imagina vieille, sans le vouloir, il l'imagina en tant que femme âgée, après qu'Oona et lui seraient partis, et il sentit qu'elle le saisissait, cette image de sa fille de nombreuses années plus tard. Il plaça sa main brune sur le côté de son visage brun, l'apaisant, sa fille brune, sa fille, et par miracle elle le laissa faire.

Mise en pages
PCA 44400 Rezé

Cet ouvrage a été achevé d'imprimer par
CPI Brodard et Taupin à La Flèche (Sarthe)
pour le compte des éditions Grasset
en mars 2023.

PAPIER À BASE DE FIBRES CERTIFIÉES

Grasset s'engage pour l'environnement en réduisant l'empreinte carbone de ses livres. Celle de cet exemplaire est de :
350 g éq. CO_2
Rendez-vous sur www.grasset-durable.fr

N° d'édition : 22783 – N° d'impression : 3051358
Dépôt légal : avril 2023
Imprimé en France